ガヴリエルの百合

Yasui Takashi
安井高志 詩集

コールサック社

詩集　ガヴリエルの百合　目次

Ⅰ　道化師の業

Ⅱ ルサルカの水

Ⅲ　詩人の旅

Ⅳ　ガヴリエルの百合

V　将棋のない世界

詩集

ガヴリエルの百合

安井高志

Ⅰ　道化師の業

道化師の業

あなたほど完全な存在を私は知らない
あなたほど美しい存在を私は知らない

水の中に沈んでいく宝石
宝石はなんの悲しみも妬みも抱かず硬質であり続ける
孤独を感じることすら許されない

ゆえに愛する人よ
あなたを壊そう
噛み砕き、二つに分け、一人で立てないほどに弱くしてしまおう

これが罪だと言うのなら私を遠慮なく焼き尽くすがいい
一握の灰になったとしても私はあなたに捧げよう

あなたへ最高の花嫁を！
生涯の恋人を！

睦みあい、絡み合い、決して混じりあうことのできない苦しみと快感をあなたに！
愛せ、壊せ、憎み、犯せ
寄り添う事しかできないあなたたちは
拒むことも受け入れる事も出来ないあなたたちは
二重の螺旋を永久に永久に描き続ける

メルヘン！　あなたこそ至高の存在！
最高の地獄をあなたに捧げる
いまはただ別れの口づけを

追憶

思い出はいつも銀貨みたいだ
青空に浮かぶ消え入りそうな三日月に照らされて
震えている
空にむかって指で弾けば
金属音が打ちかかる水に静かに薫る
そしてきらきらと嘘っぽく
声を立ててあわあわと笑いながら
あたしの手の中に落ちてくる

*

神社の石畳に太陽の匂いが立ち込める頃は
千代田屋の山賊おむすびが塩辛くて仕方ない
この塩辛さは永遠を失った寂しさだ
永遠も嘘だった
嘘の果て、少女は虹のように消えた
雲のない真昼の空を見て
びしょびしょに濡れた日々を乾かす
濡らしては乾かし、濡らしては乾かしを繰り返し
それらは少しずつ漂白されていく
風が吹く
ひりひりとした痛みが
あたしの目の前に水銀みたいに横たわっている

*

油絵のような夏
悲しみもいつかは
あの三日月の霞む青空へ帰っていく
鳥も、水も、星も帰っていく
あたしの苦い心を通りぬけることを厭《いと》わないまま

思い出の居場所

その日の青空はソーダアイスのようにさわやかだった
入道雲が立ちあがり、群青の海にヨットがいくつも通った
ちょうど窓から見える場所に松があった
宝石よりも深い緑の無数の針葉を持った松だった
僕が合宿で泊まった宿泊施設は
昼寝の時間が薄暗くて
細く目を開けると、ただ布のような風が肌をなぞっていった
窓の外はどこまでも色濃くて
トンビの茶色、灯台のある山の緑、調理実習場の影の黒
どれもがみんな、鮮烈に目に焼きついた

その中でひと際思い出に残っているのは
やはり、あのソーダアイス色の空を切り裂くような
松の針葉
僕の夏はいつもそこへ帰っていく
扇風機もエアコンもなかった
ただ肌がべとつくような室内で
ちくちく痛む毛布を腹に巻いて
ふと見つめた
あの日の空と海と
そして深緑の松の見える窓へ

（短歌）

半袖の開襟シャツと青空へからっぽの僕が身を投げる窓

窓辺から飛びたてた日はいつもいつも青空ばかりが重たかった日

青空を見上げる少年だった日に作り笑顔と嘘を覚えた

冬の蠟燭

輝きを失った銀細工は
冬の日の白い月光で磨きなおすがいい
暗い夜より暗い道を歩み
自らを
ぼんやりと光る事しかできない
行燈の灯と知った時
考える炎は上昇する一枚の羽となり
蠟は宇宙へと解き放たれる
私たちもまた火の眷族なのだ
それにしても喉が渇いた
紅茶が飲みたい
そそり立つような寒さの中で
ふっと強く香る紅茶が
——真っ白なみぞれが降る
そう呟くのはいつの日の女だったか

常世の国のアリス

昼と夜
二匹の蛇《くちなわ》が絡みつく時間
空は蒼く、熱もなく、
ただ気だるさだけがメイプルシロップのように甘い
琥珀が溶けて、閉じ込められた怠惰が流れ出す
大罪は夜店のあんず飴の匂いだ

それにしても豆腐屋のラッパがうるさい
味噌汁の具として買うべきなのだろうが
吹いているのは懐中時計を持った気狂いのウサギな
　のだ

悲しみの海辺で泳ぐ少女よ、待て
お前もまた悲しみのウンディーネ（水霊）
涙で自身を殺めるのはまだ早い
そうだ、少女よ
凍結した永遠を夢見るのならば
赤目の白ウサギを追いかけろ
物語はいま綴られ始めた

熟した果実のように

明日は恋なき者に恋あれ、明日は恋ある者にも恋あれ!

（西脇順三郎「ヴィーナス祭の前晩」より）

柘榴石《ガーネット》色のワインを注ごう
カシスや苺、プラムに白桃のアロマを
みんな君にあげよう

それらを纏った君はとても素敵に違いない
どんな宝石や化粧だってもはや必要ないんだ

僕が君に抱くイメージは
目の覚めるような青空の公園と
広い広い緑色の芝生
それだけでいい
それだけでいいんだ

さあ
風がまどろんでいる
声を聞かせてくれないか

鉄橋

クワイ川には黒い橋がかかっていた。

踏みつぶした蟻の亡骸が恨みごとをいう暇もなく、片っ端から乾いていく……。僕がタイを訪れたのはそんな夏だった。

カンチャナブリの空は嘘くさいほどに青くって、バスの移動で疲れ切った僕たちをでたらめな暑さで打ちすえていた。添乗員さんがハンカチで顔を拭いながら、僕らの目の前にある黒い橋の歴史を喋り始めた。

橋の名前はどうやら「メクロン河永久橋」というらしかった。第二次大戦中、ビルマ占領を契機に作られた泰緬《たいめん》鉄道の一番の難所で、多くの捕虜兵が意志のない歯車として日本軍に強制労働をさせられた場所だった。

「こんな悲しい歴史があるんです。私たちもその事を決して忘れては……」

僕はそんな事を聞きもせずに、一分一秒でも早くエアコンの効いたホテルへ帰りたいと考えていた。やがて説明が終わって僕らは望み通り帰っていった。痩せ細った老犬のように炎天にうなだれながら……。

日本に帰ってしばらくして、団体旅行のアルバムが送られてきた。そこにはクワイ川の目の前でピースサインをしながら、無理に笑顔を作る僕らがいた。それは陽光で茶色く焼け落ちた椿のように、みじめで、汚らしく、疲れ切っていた。

なのに、写真に映る風景は油彩のように鮮やかな顔ではしゃいでいた。天に向かって子供みたいに大きく両手を広げていた熱帯植物たち。ミルクティー色に輝く水面。橋はそんな全てを父親のように諭しながら許しながら、ただ無骨に黒く光っていた。

（短歌）
甘ったるい君の涙を舐める夜三日月が凍る音も立てずに
ハッピーバースデイよ飛べ憎いんだ僕の心を砕いた君が
料金は君の依存だファム・ファタル優しくするのも受容するのも

連想

熟れたトマトの青臭さが
隣国の少年たちを目覚めさせる
あの川面を走る夏の陽光が
圧搾され
香油になることを僕は密かに望む
蜘蛛の糸で編まれた帽子を被って
開かれた扉に輪舞する幼児
その瞳の中に綴じられた
風に吹かれるチョコレートのひと欠片

乾いた笑い

「夏の日々」

蟬の鳴き声が今年も庭に響き
安堵する日

過ぎ去った時間を背に
私は太陽の下胡瓜を頬張る

青臭い
私の誕生月の味がする

蠟燭に灯された夏が少しずつ世界を溶かしていき
私は立っている場所が次第にわからなくなっていく

夏、汝はある時もどかしき水兵で
また海に命を落とすのか

祭囃子が聞こえる

後には煙だけが残り、その匂いさえもやがて消えて
いく

「乱視」

月がだぶって見えた日
水たまりが犬の死体となって浮きあがった
俺の心は吐く息白く
鼻も、耳も、矜持さえも
凍ったそのナイフで削ぎ落としていった
すがることしか知らない俺は
トリカブトの青紫に酔い
皮膚の下を流れる血液を感じていた

その時だ
ああその時だったに違いない
走りすぎる車のライトで
俺の影が埋没した暗闇から解き放たれたのは！

「ビリジャン」

手の中から零れ落ちる砂金と
それを被るしゃれこうべの
涼やかな摩擦に酔い
私は
この奥深い山林の夜に
ビリジャンの輝きを持たせたい
しかしながら
私は
さらさらと流れる
この渓流の冷たさに手を痺れさせ

穏やかな妻の笑いをただ夢見たいとも思う
そう
その髪の毛に絡みつく夏の夜の風が
鼻先で甘く香る時

「手」

遠い日数を経て
私の手は鎌倉にある円覚寺にたどり着いた
ビリジャン色の木漏れ日が匂い立ち
ひんやりとしたアリスたちの肌に触れる事を
私の手は覚えた
石畳の上を円舞していた
紅のドレス
大きな門にかかった砂埃
私は流れていった
不浄な川の上《かみ》から下《しも》へ

海賊

夕日は全てをさらっていく
感傷なんてなおさらだ
彼女はかなり強欲で
僕の心にある数少ない金貨でさえ奪ってしまう

氷結した世界

鈴なりのブルーベリー
青紫色に世界は凍り
しもやけの少女がスクランブル交差点を横切る
これはこれは
鬱血した私の首ではないか
蛇に嚙まれる少女
流れ出る深紅のどんなに貴いこと
私は行かねばならないのだろう
立ち去らなければならないのだろう
倒れた少女を見下ろすビル風と共に

失恋

僕の枯れた吐息を誰が空想した？
食むように絡みつく蛇
無限の円環を渡るのは僕の心だったはずだ
もうすぐ獅子は葡萄を嚙みちぎる
限りなく甘いシャルドネを
僕たちの畑を！

抽象

酔いざめの朝の空気に
ツツジの紅が濡れている
琥珀の雨が俺の身体を駆け
そこに唇を嚙み切る一人の女が佇んでいる
（雲、バラバラに砕け散れ）
柔らかく首を絞める南国の海
俺はひたすらにその浜辺から涙の粒をかき集める
遠ざかって行く陽はますます赤く
心、鋼に変われ
と呟く

あるいは初恋

卑屈な金時計の鎖をたどり
私は一晩の夢を数えることに耽る
柔らかな悪意を持ち
皮膚を伝う湿った空気を貴女の肺に注ぎ込もう
影に潜み
雨に震えていた、あの日のすずめのような目を持って
貴女を睨もう
微熱は急速に冷め
妄想ばかりが貴女を着飾る
私は待つ

饒舌な歌

私を叩き起こすプラスチックの水鉄砲
きらきらと嘘っぽい
それはどこまでも虚栄に満ちた
私の故郷
ならば聞こう
私の思い出はどこにある？
この手のひらの温もりが
そうだと言うのなら
君の頬を撫でてやりたい
ガラス窓が曇り
部屋の時間まで凍ってしまったような朝
私の思い出が君の心を包み込み
一羽の小鳥に孵るように促す

私の夏

河童の住むという渓流の泉で
少年たちが冷たい水に肌を震わせている
深緑の木の葉はざわざわと揺れ
どこまでも遠い青空が
少年たちの心を優しく包む
その心は金の腕輪を描き
ガイアの乳はどこまでもなめらかに
火照りを冷やす
私は願う
瞼の裏で揺れるこの夏が
舌の上で溶けていく飴玉のようなこの夏が
墓標の内に深く刻まれることを

憂鬱

君の顔に湿った布をかけるように
俺の心は君を欲している
一枚かけるたび、呼吸は苦しくなるのだろう
乾いた毛布でありたいと願うのに
囚人の鎖のように俺は君を求めてしまう
暗闇を貫いて君の心に穴を開ける
そんな流星の一糸になれたなら
俺は報われるだろうか
いや
報われはしない！
冬の日の尖った朝
薄氷一枚で手を切る
血液はまだ温かい

少年期

僕らは煙った
六月に立つ杜若《かきつばた》の青い蕾に
そう
あの頃僕らはコンクリート製の非常階段に登って
青空に口笛ばかり吹いていた
廊下に曇るワックスを踏み
ゲームのＣＤを交換したり
教科書をちょっとだけ破ったりした
教室の空気に
埃がきらきらと輝いた
あの埃のように
きらきらと
落ちながら日々を過ごしていた

黒板に背を向けて
どこまでもどこまでも走れる気がした
自販機のパンをかじり
親の金を盗むことばかり考えて
自転車をこいだ
途中
牛丼を食べること
僕らの青春だった

消耗品

洗剤は買ったかい？
君の服から僕の匂いを消し去る洗剤だ
僕らはいつも慰め合う振りをして
夏の午後に回廊を渡る
僕のべとついた汚らしい匂いは
君を腐らせるだけだというのに
どうしてそんなにも求めるんだい？
僕は優しさを切り売りして
君は孤独からそれを買っているにすぎない
甚だ馬鹿げた話さ
求めあいながら堕落していく姿はさぞかし滑稽だろうね
僕は君の生理用品で
君は僕のチューインガムだ

（短歌）
はらはらと洗濯槽に溶けていく僕と君とのいやらしい匂い

蜘蛛

あなたの鋭い牙と毒で僕を溶かしてください
僕とあなたの境がなくなるほどに
接吻のように牙を突き立ててください
そして
射精するように毒を流し込んでください
まるで僕を犯すように
僕の心を満たすのは
春のうららかな陽気でも
雷尖る豪雨の中でもなく
あなたの中で眠ることなのです
この空を漂う自由も
すすりとった甘い蜜も
あなたの糸に絡めとられるためにあったのです

だからお願いです
僕の寂しさや気だるさを
静かに
残酷なくらいに
痺れさせて下さい

（短歌）
魂は手枕に落ち消えていくだるさ寂しさこき混ぜながら

蛭子

海はただれ
空はただれ
火傷のような夕陽に
ただれ
僕はひとつ息をする
まるで魂が出ていくようだ
友よ
この愛情の傷んだ脳髄を君の柔らかい唇で
溶かしてはくれないか
そしてオキシドールで焼き尽くして欲しい
ささやかな願いだ
僕には君が眩しすぎる
真夏の太陽と白いブラウスが見える

その胸のふくらみを穢す事しか考えていない僕を
どうかどうか嫌ってくれ
もう太陽は落ちた
やがて何もかもが凍えていく
その前に早く
できるだけ早く
両手を広げて
この淀んだ世界から旅立ってくれ

メッセージ

秋の陽が射すカフェテリアで
君ははにかみながら
渇いた唇を潤す
白いテーブルの上に降りかかる
黄色い銀杏の落葉
僕はダージリンのかすかな苦みと芳香に
君の傷を思う

やめなよ
爪を自分の腕に突きたてるのは
血がにじんでるじゃないか

そう言いながら
僕は君の髪の毛を指で梳くのだ
蠟燭の焔がゆらめくように
バニラアイスをとろけさすように
甘く、ゆっくりと……

銀杏の葉がますます降りかかる
まるで感傷を嫌っているかのようだ

季節もいつか終わりを告げる日が来るのだろうか
そうだとしても僕はやめない
僕は今日も君の髪の毛を梳く

［枝の中の樹液さえ凍りつくような冬］
枝の中の樹液さえ凍りつくような冬
あたたかなココアをみんなに与えてください
かじかんだ手に
あかぎれで痛んだ手に癒しを与えるように

太陽の気狂いに僕が滅入る夏
青麦の穂に風を吹かせて
爽やかな穂波を巻き起こしてください

春愁を
秋の憂鬱を
僕に教えてください
君のその手は万物を許すためにあるのでしょう
だから僕は君の青麦畑でレモンを噛みしめるように
両腕を広げていたいのです

［柔らかな毛布］

柔らかな毛布
柔らかなガーゼ
そして
癒すための
アルコール綿が静かに温かく液化していく
こんな日に
どうしてお前はそう苦しんで
湿ったタオルを顔に当てているのか
赤の衝動は
お前と俺をデ・キリコのイタリア広場につれていく
（あるいはイマージュの掃き溜めへ）
夕暮れの寂しさとコロナの熱にあえいで
影の少女を追うことに苦しみ

俺は思わずお前の持つ水筒に
手を伸ばしてしまう
そして奪い取るのだ！
なにもかもを！
それなのになんで、そんなにも
傷つきながら
許すような微笑みを浮かべながら
奈落の坂を転げ落ちていくのか

［青い砂漠を僕らは歩く］

青い砂漠を僕らは歩く
夜のしとやかなガーゼは
僕と君とを包んでいく
ほら、焚火がぱちんと弾けたよ
砂漠の乾いた風
星たちの痺れ
彷徨えるキャラバン
北斗七星を見失った僕たちに
神様は何をお与えになるんだろう
柔らかなオアシスの水を浴びる君
僕はその水を口に含む
甘く沁み渡るその水は
僕の涙となって砂に消える
どこまでも
どこまでも
地中深くに僕らの悲しみを沈めて

友が去り葡萄の香気で湿らせた空気の中へ独り病み
ゆく

ダンス

爽やかなる旅路の果て
僕たちはついに風の拠り所となる

音がいっそうの輝きを増していき
きらびやかな星空に
君が震える雪のような涙を流す時
かつて君だった液体に
僕はそっと小指を這わせ
ぎゅっと手のひらに握りしめる

そして僕は両手を広げ
群青と闇をこき混ぜた空を
ひらひらと君の手をとって踊ろう

風の導くままに
孤独は沁みるように癒されていく

（短歌）
僕の背に風がふうわり寄りかかり潮騒の音をそっと
うそぶく

砂になる風景

ジョーカーはもう切られたのだろう
タバコをふかした男が目の前を通り過ぎる
街路樹の上、空の上
煙は遠く消えていく
コーヒーショップのガラス窓に吹きつけられた
洗剤
そのうたかたに映って消えるサンゴ礁の隙間を
泳ぐのはいつの鯉のぼりだったろうか
そう思っているうちに
近くのどぶ川を女の死体が流れていく
白くつややかな手が見える
どぶの腐臭が匂う
実際はこんなものかと思ってしまい

少々落胆気味の僕は、ああ！
狂ってしまう狂ってしまう
臓腑の奥底から声は絞り出され
深緑の風も
きらきら光るアスファルトに散ったガラス片も
匂いが立ち込める打ち水のあとも
どこか傾いて見える
叫ぼう
よーうよーうと叫ぼう
泣くように叫ぼう
パトカーのサイレンが鳴る密やかな初夏に向けて叫
　ぼう
この秘密は誰にも告げてはならない
叫ぼう叫ぼう
心いっぱい叫ぼう
僕を打ちのめす午後の陽射しにむけて

睦言

薔薇色の宝石を賛美する君の幼心に
僕は戸惑う
夕暮れの街は僕と君を迷わせて
その胸の内深くにしまってしまう
君は体をよじらせなんとか這い出ようとするだろう
その時
僕の柔らかい指先は
白く泡立つ波間を過ぎ去り
静かに君の足首に触れるのだ

［大気は濡れ］

大気は濡れ
廃墟のコンクリートは濡れ
月は濡れ
僕も濡れた
乾燥してぼろぼろくずれる壁を背に
女神はひんやりとしたシルクを纏った
そこにはなにがあるのだろう
軽蔑を示した空から夜想曲が降りかかった

二重感情

僕の身体を引き裂くのなら
腐らせてから優しく裂いてくれ

君の唾液に含まれる青々とした毒は
さわやかな真夏の海辺の香りがする

潮騒に耳を打たれ考える

針を刺すような熱を帯びている患部は
流星の甘さを浴びるように
もっと上手に腐らせて欲しいと

ああそうさ

羽を広げて飛び立つ鳥を堕落させたいんだ
君にこの僕の卑しい腐臭を、かすかでいい
楔《くさび》のように埋め込んでしまいたいんだ！

だから飛び立て
早く
早く
もうこれ以上
僕は待てない

寂しさの果て

君の声は
秋風にさらわれたガーゼみたいに
僕の心に、傷に触れてくる
君の波が押し寄せ、引いていく
静けさばかりが際立って
音も、微熱もさらわれて……
乾いていくよ
街も、空も、空き缶も、踏切も線路も！
乾いて、乾いて
引っかき傷を残すよ！
ああ、電車がけたたましく過ぎ去っていく……
どうして僕の身をこのままにして
波は遠く、君をさらっていくのか

どうして僕を
老人のうたた寝のようなその流れに溺れさせてくれ
ないのか……

星消える夜

歌声はいつも帰っていった
遠くにかすむ夜空の向こうへ
娘はたんぽぽの首飾りと共に
高く、高く歌った

それは
田んぼのあめんぼや
梨畑の青い網
月光に微笑み返す川を
わずかに揺らした
震えるように

そして泣きいるように
僕はコンクリートで固められた川辺を歩いた

その時だ

僕は解放されたのだ
初夏の湿った空気に押しつぶされそうな心と共に
娘よ
あなたの声は秋にすすり泣くフルートの音色がする

鴉

その時鴉が鳴いた
苦しく喘ぎ
喧騒の中の沈黙に鈍痛を走らせた

これは合図だ
何もかもが腐敗していく

お前の穢れを知らない
銀の時計を錆びさせろ

腐らせて腐らせて
ついに砂となった日に
女神を犯す灰色の祝福を送れ

苛立ちも怒りも消え入るように
砂は海へ流そう

曇り空の下
鴉の臓腑に溶かされた
私の心はなおも尊い

水彩的な思い出

いわゆる植物への憧れは
静けさへの恋愛だろう
だが
時に僕たちは
太陽に照らされたみどり葉の饒舌さに
目を見張る
夏の匂いに満ちた桜の並木道を
透明に消え入りそうな魂を抱いて歩いたあの日
葉は怒りもせず嘆きもせずに緑色に光っていた
まるでひとつひとつに神さまが潜んで笑っているみ
　たいだった
中学生だった僕は
六月の木漏れ日をいとおしむように拾って歩いた

知っていたのだ
この心ざわめく緑の色が
ただの光の反射でしかないのだと
ヴァニラ味のアイスに添えたミント みたい３ｋｇの
猫のくしゃみは

そば屋にて

午後二時
コップの中のカルピスサイダーが静かに気泡を吐く
その甘酸っぱさに囚われた少女は
白いワンピースを着こなし
なんか知らんが真夏の街をうろうろ歩いている
俺は血迷いながら冷房の効いた本屋をハシゴするうちに
あの男のように天ぷらそばと炭酸水を望むようになった
しかし今日は烏龍茶を飲まねばならないのが悲しい
か弱い苦みが脂肪を燃焼するのだ
そば屋に入る前に考える
ザルかかけか、それが問題だ

どちらにせよそば湯は欠かすことが出来ない
しかし少女はそば湯を知らないという！
少女のワンピースが翳る
彼女の肌を焼く太陽よ、忘れるな
色気は陰影なのだ
自ら光り輝くお前もまた
引き立て役の一人にすぎない
空しいのだよ俺たちも
ワサビのように清らかには生きられないまして
カルピスサイダーを微笑みながら飲む少女には永遠に
触れることさえ出来やしないのだ

［いま］

いま
アイスコーヒーの氷が少し溶けた
お前との沈黙はなぜか甘い
ノルウェー楓が木漏れ日を編む
それは目を閉じながら
庭の椅子の上でうたた寝をしている
お前は無邪気だ
だから俺はたまらなくなる
落ち葉が浮かぶコテージのそばの湖
打ち寄せるさざ波の上をお前の歌声は遊んでいる

for you

グラスの氷がほどけていく夜
蛍光灯の下で洗われる茄子は
艶めかしい紫をたたえている
ここにあるのは薄暗い安息だ
テレビから流れるニュースはもはや意味を持たない
必要なのはだらけきった蜂蜜の香りだけなのだ
シナモンスティックでカプチーノを混ぜる
美しい甘さだと思う
今日も貝の中で
小石が真珠に変わっていく
そんな時間が君にも訪れればいいのに

心象図書室

図書室は時間が止まっているような気がする
本を読む人は黙っているし、そもそもそんなに人がいない
薄暗くて気だるい午後の陽射しがさす窓辺で
断片を拾い集めてまとめる

「図書委員の手記」

海辺を歩いて
丸くなったガラス片を集めるのにも
飽いてしまった
青や緑、オレンジの物をそれぞれ拾った
つまらなくなったので
リュックサックをしょって
海岸沿いを自転車で走った
青空が透明な冬の日
道端ではたくさんのアジが干されていた

（短歌）
ああ、そうです　私があなたを愛すのはあなたがただの肉だからです

「文学少年の恋」

菫の紫みたいに微笑む女が
雨の降る下町を歩いているのを
この間、コンビニでバイトしている奴から聞いた
もうガラス窓は乾いてしまったのだが

（短歌）
こんなにも美しい嘘がつけるのは僕がみにくい男だからだ

「恐竜図鑑が好きな少女のメモ」

宝石に打ちかかる水
これほど美しいものはないと
ベッドの上で夢想したのは昨日までの私
いまは寂しくて
ひまわりの咲いている駅前の空地までやって来た
帰りに焼きトウモロコシを買って帰ろう

（短歌）
この世で　一番きれいな存在は銀で書かれた二次方程式

「メルヘンを知る国語教師の記憶」

坊主めくりを妹と楽しむために
餅を焼いて海苔で巻いた
曇り空が重苦しくて嫌な一日だ
酒を持って
従兄が新年のあいさつに来るらしい
「美しいものはね。人間から遠いから美しいんだよ」
飼い猫が哲学をする
半島に立つ者は寂しい

（短歌）
半島（美の妄執）に立つ俺は嘘をつくたび消えていくのさ

「誰かの独り言」

優しいのなら
灰をかぶせて

（短歌）
「優しさ」は肉感的で怖ろしい。今日の0時は無機質である。

「新聞記事の四コマ漫画を読む男の子の思い出」

煮込みハンバーグ
ピクニックの前の日
おかあさんの手袋
まどみちおの詩
蟻を初めて踏みつぶした時
すり傷から流れた血

美味しく食べた後に慌てて作ったケンタッキーフライドチキンの墓

（短歌）
ぬくもりに火傷を起こす僕であるから雨の日は君にメールがうてない

「無銘の詩集より」

美しさの囚われ人となり
楠の大樹に横たわり
油蟬の声を聞いているうち
夏が終わった
薄暗い神社の境内で
座敷わらしと遊んだことさえも
いまは気の抜けたビールみたいで酸っぱいのだ
心象の断片が覗ける図書室で

時間の停止を望んだけれども
徒労に終わった
ああ、休み時間がもう終わる
美は寂しい
美は孤独なのだ
図書室に鍵をかけなくては……
心象を閉ざさなければ俺は生きていけない

（短歌）
ランボーの詩集を胸に街を歩く八月を往くすだまとなって

「本に挟まれていた一枚の紙より」

美しいものは淋しい

［雅（豪華、贅を尽くしたもの）］

雅（豪華、贅を尽くしたもの）
風流（自然を尊び、真似たもの）
侘び（華の極み、物足りなく質素なもの）
粋（炎のように苛烈、花火のように気風の良いもの）
妖艶（それは死をにおわせる怪しげで得体のしれないもの）

英雄たちの輪舞

かつて俺とお前はひとつだった
たった一粒の
砕かれることのない黄金だった
だというのに
お前は剣を取り俺を殺そうとしている！
俺の腹がえぐれるたび
お前は悲鳴を上げる！
ふざけるな道化よ！
これも貴様の定めた運命なのか！
従ってやろう、今だけは
こんなにもこの人が愛しくてたまらないのだから
……
まずはこの人を俺の胸に深く深く抱こう

だが
次は貴様だアルレッキーノ！
一片の慈悲もなく貴様を朽ちさせてやる
だから友よ、いまはさらばだ
俺の胸の中で息絶えろ
お前と俺の望んだ未来を必ず勝ちとるために

カグツチ

紅葉とは一本のさびしさだ
もてあました熱病を
雨がうつくしくたたくのだ
びいどろを吹くくちびるとハッカ油の趣だ
夜というやつは
黒光りする車道からのぞく
鉄橋
そこで山高帽の男が
フウロソウについて考えていた

赤信号がまっくらやみに
ぼうっと
息をはくようにひかるのだ
（マッチはかなしみのためにあると、
　君はあの熱量がかなしみであると？）
いくつものあたたかい手が
沈黙のために彼の頬へと伸びる
（だまれ）
振り返らねばならないということを
われわれは
知っていたのだ

Can you say "hello"?

肌を這う、日焼けの痛みに耐えかねた俺は
房総の海がふいに愛おしくなった。
息切れする夏の緑に、俺もまた疲れたのだ。
自転車をこいで、サヨナラから逃げていると
背越しの鮎みたく透明な女をなぶりたくなる。
そして血の気は置いてきた。
飽きられて、捨てられた水鉄砲が埋もれる砂場に。
俺もまた置いていかれた。
夏に、水に、風に、水に。水に。
子供の頃、釣り糸のテグスが美しくて何度も
巻きなおしたことがあった。
そんな記憶は白湯のような淫靡に消えてしまえばいい。

感傷はチューハイの匂いよりもべったりとしてやがる。
甘えるな。
俺は川の弁天さんに詣でなければならないんだ。
井戸はどこだ。どこにある。
コンニチハが、ハジメマシテが怖ろしい。
川には始まりも終わりもないという。
なのに俺は、今日もコンニチハという。

あどるせんす

一九九九年十二月三十一日、
あの日の夜ぼくは世界が滅びる瞬間を夢見て
姉さんとともに夜更かしをしていた

畳の部屋から障子戸をあけて
硝子越しの夜空を見た
せかいは暗闇に満ちていた
みんな誰もが心のどこかで終わりを願っていた
（ああ、もうすぐこの世がおわります）

結局なにごともないまま
ぼくは普通に中学を卒業した

いつのまにか
レコードプレーヤーの針は折れてしまって
親父のもっていた井上陽水と
スザンヌヴェガは聴くことができなくなった
（ぼくが最後のかなしみでありますように）

高校三年の夏
大学受験を控えたぼくたちは
大人についての意味もたいして知らされないまま
生き続けることを急かされるように
八月の空を歩いた

質問が好きな妹のために嘘つきな僕ができること

ねえ、
　海ってどんな味だった？
――しょっぱいよ

ひまわりは？
――こないだ舐めたけど苦かったな

雨にぬれたすずめはどんな味だと思う？
――かなしい大人の味

だったら、
　あそこの月は？
――ああ、今日のはきれいだね

きれい、かな、
――きれいだろ？　あれはきっと甘い

甘いかしら……
――ちがうのか？　甘いと思わない？

……ううん、甘くなんか、
　甘くなんかないわ

あれはきっと
　きっとすごくからいのよ

丸くて、いやらしくて、
　意地悪にからいんだわ

マビノーグの愛

まだ夜は始まったばかりだ！

愉快だ
これほどまでに残酷なシナリオが世にあるだろうか
人はなんて不器用なのだろうなあ……
半身を殺してもなお満ち足りないのか？
いいだろう優しく手折ってやろう
花はそうして愛でるものだ
今度こそ君は僕だけのものだ
紡がれ続ける永久の物語を飛びだし
僕の前に現れた
見るんだ
月はこんなにも真っ白に輝いている
さあ
急いて急いて来たまえ

トリックスター

恋は破壊だ

始まりは恋だった
歌劇は亀裂を好んだ
終幕に至る道の全てに
恋はありつづけた

できるのなら
終幕の向こう、観覧席まで
恋が
あまねくものを照らし続ける光であれと願った

宝石を砕く槌でありたい

ゴジラ

そしてまたぼくは風をどかすわけだ

かきわけて、酔っぱらって、にぎりつぶすんだ
12月にぼくは白いいきをはくわけだ
ゴジラみたいだっておもいながら
ぼくはゴジラだってあんたたちにいいたいんだ
でもだれもぼくを知りもしないわけだ

あんたたちは知らないんだ

ゴジラがなにかをいつも壊してるってこと
ゴジラはさばくをでてからゴジラなままで
さばくにみすてられたジプシーの　くちびるから夢
　はとけて

あんたたちは何も知らない

うみをみるたび　ぼくはゴジラであることをわすれ
　ちまうってこと

知りもしないわけだ

フルトブラント

遠い長雨が明けた
街は
憂鬱で満ちていた

路上に水を撒くタバコ屋のおばちゃんは
なにかわからないものに
ひたすら怒っていた

少年は紫陽花の花びらをむしった
むしって、指でこねて、

かみつぶした

オレはそんな折に
ケルトの伝説なんぞを思い出していた
泉の貴婦人のくだりだ
あの話は光線みたいに素敵だ
（さあ、せいてせいて守人を　殺せ
　ためらうな　水はお前のものだ　お前の水だ）
かき氷の暖簾が中華屋にかけられた
夏だ
幼稚園のマイクロバスがオレを横切った
夏だ
楓の葉がまぶしかった

キレイだ
頭が、どうにかなりそうだ
失われた七月はどこへいくのだ
泉から淋しすぎる藍はもうあふれたのか
オレは、お前はいったいどこへいこうというのだ

過ぎた憧憬

くすんだ、西日が
何かを諦めさせる

お前は再び泣くだろう
海辺の、葱畑で
白く、ふわふわした、坊主頭の、花たち
古傷は開け放たれるだろう、八月の空みたいに
高く、大きく、

ショッキングピンクをした
お前のTシャツ
ロックの神様がプリントされた、その姿を

きらめきを、あざとさを、ふいに、
抱きしめたくなるかもしれない
だから

お前は再び泣くのだろう
かくれんぼで、忘れられちゃった、子どもみたいに、
畑には飛行機みたいな風車があるだろう
お前は、泣くだろう

夕日は幾筋にも、千切った、ルビーを放つだろう
ここにいるのだろうか、
私たちは本当にここにいるのだろうか、と

俺も泣くだろう
お前の、潮でべたついた、それでも輝きを失わない、
くせのある髪を、抱きながら

俺もお前も、
何もできずに、白くたつコンサートホールの脇道で、
誰にも、気づいてさえ、もらえないまま、
泣きじゃくる

「風よ失せろ。俺は彼女と伴にあろう。マクベス王
と夫人のように」　（半島*）

＊（編註）安井高志の筆名

スケッチブック

改札の向こうは
白い雨につつまれていた
山あいにある駅だからか

霧雨のなかに山椒やら
羊歯やら
朽ちた楢の木の匂いがあった

一昨年に亡くなったサキちゃんや
ひとりっ子の家の鍵
プラスチックのロボットの匂いも

あったかもしれない

けむる線路のむこうから
トンネルを縫って
電車のライトがぼうっと光った

緑色のちいさな電車がきたのだ

けれど僕はもう

その電車には乗ることができない

光の物質

なけなしの音楽をだいて
少年はあぜ道をはしった

やわらかい糠雨にむせる世界は
色彩をふかくした

彼岸花のいたいたしい赤みも
藪にひそむ八つ手の濃みどりも
ひとしく濡れた色合いだった

彼は自分がへびいちごの舌をもっているのを知って
いた

夕暮れにたたずむべきスニーカーも持っていた

まよなかに膨らんでいく
音楽のなかの少女は

彼の目のくもり空にあらわれ、たちさる

それははたして約束か
かなしみに湿るフラスコか

わからない
またと目にする機会もないのに

いらくさの棘

えのころ草が金色になった空き地で
女の子は小説を読もうとした

ライムギパンに梅の実のジャムをぬって
すきまにクリームチーズを挟んだ
紅茶にはりんごの皮を何枚かいれて
ただしく彼女の午後は完璧だった

しかし彼女はイヌタデを知らず
ハナミョウガの実も
ツワブキの黄色い花も知らない
まして

一輪の花に永遠をみるなどといった詩人の妄言や
武蔵野をさすらった鉛毒の苦悩も
彼女にはなんの魅力もないのだった

ただえのころ草の
猫の尻尾のようなふくらみが
彼女の文学的な行き詰まりをくすぐるのみだ

やぶ枯らしの絡む孟宗竹の林にも
哲人は住まない

幸いよあれと人は無責任にいう
それは誤謬だ

種をこぼす鶏頭の花もなく
あざみの紫も
軒下の苔の生殖も

人を悩ませるだけだ
彼女の午後はしだいに傾いていく
その傾斜に幸いよあれ

少年　Ⅰ

静脈がほのかに浮かぶ少年は頰にカッター押し当て眠る

青い木の実よりなお青い
小さな鈴
夏の陽光を受けて
彗星の速さで駆けていく
街に響き渡る甲高い音
細い腕に
ヒグラシの夢がある

ブランコをこいでつかんだ大空に切り裂き出でよあめのむらくも

回転椅子の軋む音
宿題をそのままに
公園へ自転車を走らせて
友達との密会を楽しむ
それは夏の影絵
コーラを青空ごと飲み込む

私のルームメイトは少年ですいつも寒くて震えています

骨に沁みる屈折の痛みと
凍りつく赤い記憶
ミノタウロスの熱が吐かれ
少年たちの首を啜る
追憶のアリアドネ
五月の凪と八月の太陽を脳に

浮かび来る泡沫の夢すくい取り黄昏色の旅に出かける

夕焼けの汽車の中
毛布片手にパジャマを着こんで
窓の外を眺めていた
向かい側の席でハンチング帽の男が
いびきをかいて眠っており
どうでもいい、ぬるい時間ばかり流れていた
本当の母さんはどこにいるのだろう
早くしないと夜が来てしまう
通り過ぎていく街並みを見つめながら
ため息をついた

少年　Ⅱ

薔薇の肉厚な花びらが無数に青空から降ってくる
その微かな水気と香気に埋もれながら
少年達は死んでしまう
肌に触れるたび
透過していく筋肉
薄いガラスのように砕けていく骨
か細いソプラノ
笑いながらくるくる回る少年たち
俺はタバコを吸おうとしてライターに火をつける
その熱は空気中の薔薇に引火するのだ

Ⅱ

ルサルカの水

ルサルカの水

　夜は響き渡る
それは濃く、濃く、濃くわたしを咎める
　ネオンライトはタバコの灰をさらに焦がす
なぜ歌声はやんでしまったのか
　コウモリ、なぜあなたはそんなに寂しげな
のか
羽は、羽はそんなにも力強いのに
あなたはどうして、そんなにも苦しげなのか
わたしもあなたとともに罰を受けよう
　腐れろ、渋く煙たく苦く腐れろ、

　　わたしたちの憧れ
　道路をいくトラックどものテールライト
白い、　白すぎるのよ
わたしとあなたが願ってやまない月は
黄金などどこにも　なく、まして山吹色なん
てわたしたちには似合わない
引きずるわ
わたしはあなたの足をひき　ずる
もう二度と飛び立たなくて済むよう　に、も
う二度と
　苦しまないで済むように、好きよ、
　コウモリ　、あなたが

青空と野良猫

雑草の匂いがむせかえり
ニッコウキスゲの黄色が眩しい夏
野良猫は綿雲を仰ぎ見て
アスファルトに影を落とし
心を灰色に煤《すす》けさせていった
ああ、電車の走りすぎる音がうるさい
私は
何をもって孤独を表せばいいのか
孤独は甘く湿っている
乾いてはいない
乾いているのは野良猫の孤独
私は猫を飼う
その乾燥を少しでも腐らせてやるために

台風

台風が来たのは朝の事だった
つぶてのように雨が降り
おはじきを入れた紙箱をひっくり返した音がした
ワインレッドの薔薇の花が零れて
雷が強く低く唸った
おお、今日ここにユーピテルはいらっしゃった！
ゴム草履を足に引っ掛けて、僕は雨を礼賛しに外へ
出た
Tシャツがべったりと張り付いた
泥水が足を濡らし、足の白癬菌がドブの中へ勢いよ
く流れた
「濡れろ、濡れろ、濡れろ！　僕の肢体のほめきを
冷やせ！」

気持ちが高まってそんな事を思ったのは
なかば魂魄が河童になりかけていたからだろう
きゅうりはどこだ
きゅうりは別に食べたくない
しかし味噌を欠かした者はなべてこの雨に打たれろ
生温かい豪雨
お母さんみたいだった
お母さんに優しくぶたれているみたいだった
ざあざあとアスファルトが鳴った
ところで
（汝もまた岩間からしみ出た水霊にすぎない）
と言った老人はどこへいった
柳川鍋の泥鰌を食べているのか
庭のコブシの葉が雨に耐えかねて落ちた
そんな事を感じるのは、やはり西脇という老人の詩
　を読んだせいだ
踊りださねばアリスが逃げる
炭酸水の中に見える僕のアリスよ

透明な気泡に夢を見るプシュケーの如き愚かさを許せ
マジックリンで清めた温かな風呂は沸いているか
風呂へ入らないと叱られる
財布の中で十円玉が錆びる
ああ、僕は何かを変えたいのではなくて変わりたく
　なかったんだ
ムラサキツユクサが雫になって落ちた
ままよ

納豆うどん

いまこうやって話している君も
怒ったり、イライラして人にあたったりするのだろ
うか
僕はそうなんだけど、隠しているだけで
裏では怒ったり、物にあたったりしている
けど、君にはそんなイメージは全く湧かない
君の笑い声は、昆虫の翅みたく
透明で
脆くて
そう思うのは君が天使か、幽霊のように
希薄で
銀色で
それって

僕が安心するために
自分で目をつぶってるだけなのかもしれないけど
徹夜明けの朝みたいに
気だるくて爽やかだよね
君はうどんに納豆があうっていうけど
僕は美味しそうって思うと同時にオエッてなる
納豆が好きな人間は
納豆のいい部分しか見ないけど
時々、君に感じるのは
そんな僕の好きな納豆を食べた後に感じる
喉のおくのイガイガだ

狂神の葡萄酒

アカシア蜂蜜の喉を焼く甘さは
艶やかなブラウンのちぢれ髪を持つ女だ
恋のように濡れている夕暮れ
平原を囲む林のそばに
大理石の棺が眠っている
「檜《ひのき》のおがくずを練った線香をあげたまえ」と
ギリシアの少年が微笑む
汝の魂は
グレープフルーツの果肉のように輝いている
宝石にかかる水が
爽やかな辛味を残しながら
うたた寝をしていた精霊の自傷を静かに強く促して
いく

＊

昼時にそうめんを茹でようとするのは
果たしていけないことだろうか
僕の居間は片面が大きな硝子窓になっており
そこから昔、母さんが遊んだ里山の百合が
破裂した銃身のように咲いている
チューペット式のアイスを食べよう
ランドセルを背負った男の子の笑顔が
凍り漬けのマンモスのようだ

＊

モップみたいな猫を飼っている
こいつは鯖を焼いた時に盗人の目になった奴だ
鮭の時はまた違った
明日は明日の風が吹くと言い切った

味気ない酸味を与えるブルーベリーは捨てろ
甘くだらけきった物を選べ
それは
風が聖婚を取り仕切った日に
星のように実る

晩夏

喫茶店の氷水に一枚のペパーミントが浮かぶ八月
睡蓮が庭の楓の下、歌を口ずさむ
皿に盛られた葡萄の中で
真夏の太陽がまどろんでいる
甘く、酸っぱいその実を巡り
いつだったか、弟は姉に打ちすえられた
サイダーを携え
半袖の少年が自転車で坂道をくだっていき
水草の伸びる清流で
眠るように翡翠が磨かれている

五月の雲雀

君は飛び立とうとしている
五月《さつき》の空を漂う
雲雀《ひばり》のように

ほんのちょっとの強がりと
ぎゅうぎゅうに詰め込んだリュックサック
冒険なんだね、君にとっての

私が五月の雲雀だった日に
空はとっても青かった
その青さだけずっと見ていれば良かった

君は飛び立とうとしている
五月の空を漂う
雲雀のように

どうかその青を
胸が透明になるくらいに吸いこんで欲しい
透明な、水晶みたいな日々を忘れないでほしい
そして大人になって
五月の雲雀をやめた日に
ちょっぴりでいい、私のさびしさを啄ばんで……

玄関が開く

君は青空へ飛び立った

とんこつラーメン

僕はとんこつラーメンが好きだ

特に好きなのは
この前コンビニで買ったカップ麺の味噌とんこつ味だ

おしゃぶりを欲しがり
千歳飴をねだり
二段ベッドの上段に憧れ
ゲームボーイでポケモンを遊び
そんな日々を過ごすうちに
いつのまにかラーメンが好物なむさくるしい男に
　なってしまった

どこか遠い、何億光年も離れた銀河系の小惑星に流
　刑になっても
とんこつラーメンの味は忘れまい
そしたら
舌をちぎり、崇徳院みたく血文字で呪詛を書こう
「我、日の元の大魔縁となり、とんこつラーメンと
　いふものを独占せん」

なんてね

月日が流れれば
とんこつラーメンが好きな僕も
筑前煮とか、ホウレンソウのお浸しとかが好きにな
　るだろう
とんこつラーメンは忘れ去られていくだろう

そんな僕もいつか死ぬだろう
人類も滅ぶだろう
そして後には

味噌とんこつ味のカップ麺が化石として残るだろう
とんこつラーメンを発掘する新人類は
どんな顔をしてそれを見るのか

醜男

グレープフルーツと毒虫
摂氏マイナス２７３度のマグマが
それらを溶かし抽出物Aが産まれる
僕は歪んだ手足を持つ子供みたいに
ばらばらになっていく痛みや
収束していく頬の酸味
そんなものすら愛おしくピンセットで留めていく
どうか君よ
僕に一番美しいと思わせる瞬間をください
抽出物Aを型に流し込む
朝焼けの街でごみを漁るカラス

触感

私の指先に初夏がある
舐め取っても舐め取っても
その果汁は尽きる事はない
夕焼けの匂いと相まって
それは私をゆっくりと堕落させる
全て溶けきってしまえばいいのだ
腕も、目も、髪の毛も
少年の持つペパーミントのアロマに

苗

なんと無力な事か
水仙の花を咲かせる事すら出来ないなんて
太陽はこんなにも暖かいのに
私という苗は日陰ばかり見つめている
ああ、この日この時
言葉は燃え上がり歌うのだ
ラスティ・ネイル
錆びた釘と

風

風が胸の洞を突き抜ける
片田舎で
林檎の酒をたしなみながら
大声で歌をうたった奴はもういない
翡翠の草原を駆け抜ける
馬が
だんだん透明になっていく

ねえさんや
あんたの口笛が
鈴なりのブルーベリーや
桑の実なんかを揺らす時
俺はなんてあんたを口説こうか

風が止む、誰も俺の顔を見るな

甘さ

こんぺいとうを頬張り
暗い夜道を歩くうち
いつしか枯れ葉のさくさく鳴る森の中にいた
どうしてこんな場所を訪れたのか
ふくろうの声は低くぬるく
かといってやさしくもなく
僕の心を暗く覆った
たまらなくなって
ガスライターに火を点ける
その向こうに遠くまで続くあの川辺が見える
（ほら、ゆらゆら橋のあるあの川辺ですよ）
そうだ
菜の花の揺れる
鈴のような春の日に
木漏れ日の射すあの春の日に
僕は別れを告げたのだ

贈答歌

こひばりよ
悲しい事をさえずるのはおやめ
お前の心は小春日の
きらめく小川よりも尊いというのに
そんな乾いた涙で
強さを気取らないでおくれ
お前の鈴の音は木漏れ日よりも
僕を憩わせる
僕は見たい
青空を飛んで
千切れ雲をついばむ
可愛らしい子の姿が
秋口の空気は肌寒くて

青稲を黄金色に変える
その空気がお前の羽を
これ以上冷たい朝露で濡らさぬよう
僕はそっと満月に祈る

深夜0時過ぎ

やがて街は沈黙した

音もなく
誰かが去って行った

僕はさらし首のような大きい月を背負って
アスファルトの上を歩いていた

家々には肌色の明かり
爪を立てればたちまち破れて血を流す
そんなぬるい光が灯っていた

ぼくは白い息を吐く事しかできず
水は凍え
土は凍え

日曜日

氷像の飾られた公園
夏の陽射しが少年の影を色濃く映す
汗は一滴、一滴と垂れていき
アスファルトの表面を黒く濡らす
ここでは何もかもが燃えている
夢も緑も傷口も
だが氷像を見つめる瞬間
全ては少年の目に凍りつく
遠くに見える工場の赤い煙突も
薔薇のアイスを配る女も
全て全て
青白い郵便脚夫が運んだ
一通のエアメールを除いて

全て凍りついていく

都会

いま
俺の身体はこの青空へ硝子のように砕け散る
コーヒーの苦みに似た心地よい苦悩と共に
薄暗い都会の裏道には生ゴミの匂いとカラスの羽
吐瀉物に汚れたアスファルト、そしてそこに立つ俺
艶めかしい虫の死骸に記憶を侵食されながら
俺は際どい視線を空に投げかけていた
この心身にひと欠片でも美しい部分があるのなら
太陽にえぐり出されればいい
そう思いながら俺は生ぬるい体温を辺りに撒き散らし
よろよろと歩いた
ウィスキーの焼けつく痺れはのどの渇きを癒したか?
癒しはしなかった
ああ、癒しはしなかったとも
ならば何が癒すのか
それがわからない、わからないのだ
野良猫が目の前を横切った
汗ばんだTシャツが匂った
おまわりが大声で叫んだ
焼けつくような室外機の熱風が頰を撫でた
そしていま
俺の身体はこの青空へ硝子のように砕け散る

（短歌）
薄暗い部屋に寝転ぶ俺の目が刹那に映すアリゾナ砂漠
愛を乞う少女は僕のヌイグルミ閉じない瞳に鎖映して
夕立に濡れて艶めく街の灯が傘を差さない僕がいる日に
駅前のカフェで見かけた初夏の炭酸水の中の嬰児
公園の砂場で遊ぶ子供らが密かに描くセフィロトの木

朝焼けの風景

猫の髭に
朝もやの降りる
松林
とつとつとメロディーながれ
ほら、砂が砕けて思い出へ誘う

空は
私たちの心をも引きちぎるような紫をたたえ
教授の持つ試験管の中に
吸い込まれていく

この抽出された風景の
我が身を振り返ることのない風景の下
笑うのはいつぞやの烏天狗

そうして
酒瓶一升抱えながら
私たちは坂道を下っていった

（短歌）
老人の追憶かかる砂浜でかもめの雛よ火の鳥となれ

青の衝動

なおざりな化学反応は
フラスコの中で青い液体を偶然作りだした
海原のような青さだった
僕は急にココアシガレットが食べたくなり
駄菓子屋への道をぶっきらぼうに歩いた
緑葉に砕け散る初夏の陽光と
ガードレールの外側を走る海岸線
それは
フラスコの中の青よりもっと深く
ひろく
ひろく
まるで地球の端から
どこか遠くへ密漁船を流していくようだった

アラジンに出てくるようなランプを持って
青い瞳をした白人のおじさんが
ふうふういいながら
僕の横を通って行った
フラスコの中にある試薬と溜息の混合液は
きっと帰る頃には先生に洗浄されてしまうだろう
そうなると僕はやはり
駄菓子と一緒にソーダアイスを買おうなどとは思わ
　ないのだった

春の夕

夕べ
硝子のような風が吹き
ひたいを涼やかに乾かした
僕は菫の咲く川辺の道を歩いていて
時折聞こえる水鳥の羽ばたく音に
耳を澄ましました
何という……
停止した春
息も絶え絶えに……
春
闇が色を濃くして
ついに僕はこの川辺に置き去られ……
くそっくそっ……

向こう岸の川辺に菜の花畑が見えた
老人が妖精と戯れるかのように
そのほとりを歩いていた
ご老人
なぜ僕の方には影ばかりがたちのぼり
あなたのほうに陽は沈む
冬の流した血潮の海に
あなたも
僕も
立っているだけだというのに

(短歌)
遠く咲く菜の花畑に陽は沈む僕は「木枯らし」と呟いている

夜明け前

夜明け前の蒼色に耳を傾け
動物たちは身を寄せ合うのだろう
温もりを求めて
シジミチョウが川辺を飛んでいく
あれは自然薯を求めて山をさまよった昨日のねぇや
　の姿で
はらはらと飛んでいくようだ
自然薯のとろろはどっしりとしてうまい
川は
空に散らばった宝石のように
一瞬一瞬きらめいて
夜明け前のこのときを
誰よりも無機質に待ち望んでいる

そういえば朝顔が咲くのだ
私は家へ戻らねばならない
戻って
祝福しなければならない

眠れない夜

緑濃い針葉樹の森の下
泉のそばに君はいる
柔らかな唇を風にそっと這わせ
あわあわと君の香が空気へ、水へ溶けだしていく
今夜は眠れない
もう少し君のことを思っていいだろうか
僕は
君の裸体と月光で一匹の鹿に変えられていく
でもそれでいいのかもしれない
たとえ五十の猟犬に全身を食い破られようとも
この痛みだけは本物だ

春風

今朝
ライオンのような強い風が吹きました
僕はオレンジを嚙みしめながら
錆れ果てた駅に立っていました
オレンジは甘くだるく熟れていました
風は悲鳴をあげてわななきながら怒りをぶつけました
動植物たちの鋭い感官はそれを感じ
痛み苦しみながら交わるのでしょう
心がざわめきました
オレンジの汁に手がべとついて
切符がすすり泣く子供のようにくっつきました
まるでかつての僕のように

海と凪

どこかで弾かれたピアノが
不協和音を奏でる
そんな日に

翡翠色の波濤に足を入れ
僕は戯れに海を歩くだろう
真っ白な砂浜に
凍えるほどの秘密をうずめながら
僕は歩くだろう
アイスアップルティーで喉を湿らせれば
青空がどこまでも近くに感じられる
どこかで何かが潰える音がして
ぼんやりと水平線を見つめる
その時
僕の瞳は何を吸い込むのか
怠惰で鈍重な凪に苛まれ
いつまでも鳴りやまない潮騒に心は崩れ

初夏

この初夏は翡翠の色どりを持って
農夫に圧搾される
その香油の匂いを辿り……

里山めがけて獣となりながら駆けていった昔
大きなクスノキの根っこを寝床にしながら
僕は遠くで鳴く鳶の声と将棋を指す男たちの声を耳
にした

ああ、原稿用紙が緑に翳る
庭に繁る楓のせいだ

客人
あなたはあなたの初夏を見ているのでしょうか
僕が僕の初夏を見ているように

あなたはもう家に戻んなさい
きっと執事が心配しています

僕は
このまま寝入るように
窓辺の空気で肺を満たします
閉じ込め
解放するのです
陽射しを味わうように

夕方になると土の匂いが林道に立ち上り
着物が少しはだけて汗の匂いと混じる
ふっと蠟燭の炎が消えるように陽が下りていく
ガラス細工の季節は巡る

初夏の風

僕の心を裂いていった

銀貨を投げた空は甘く澄んでいた
コートの内ポケットにいれたウィスキーの香りも
磨きたての歯から香るさわやかなハッカの味も
みんなみんな甘かった
表通りの雑貨店が火事になった
炎に濡れたガラス細工たちは
囁きあって、睦みあって
泣いて溶けて崩れていった
そしてその全ての光景はライムの香りと共に
去っていった
車よりも早く
列車よりも早く
千切れゆく雲のように

青年期の舟歌

それは川べりの風だ
俺たちが通り過ぎた
卑屈な純粋というものさ

さくらの木のうろ
烏瓜のつる
シロサギが飛び立ちセイタカアワダチソウがつぶれ
　る藪

俺たちは覗いちゃいけない
水面を覗いたら、二度と帰れない
憧れも、怒りも、羨望も

俺たちは川底に、兄弟、俺たちばかりが捨て去った！
クマザサが腐る

夜の砂利道はまっくらで
いつ川へ落ちるかわからない
向かい側は
　ガソリンスタンドの明りばかりがうるさい
川の向こうは国道だ
　　　　　　　帰りたきゃ帰れよ

（覗いちゃいけない）
ああ、覗いたらダメだろうな

だが俺は覗くぞ
（ローレライ）
乗り捨てられた、錆びだらけの自転車
（草虫たちの声がうるさい）

俺の水はぜんぶお前に与えた　　　　　　　　火傷、火傷、火傷、火傷、、、
俺には火しかない、こんな『寂しげに震える憧れ』
　しかない

仲間たちよ
お前らは帰れ
お前らは傷ついた痛みを分かち合ってろ

この痛みは俺だ、俺だけの痛みだ
（ローレライ！）
クマザサが腐る
（ローレライ！）
水を飲むのだ
（ローレライ！）

水晶の朝

人のいない台所の
曇りガラスから射す銀色の朝日に
フライパンと皿とスプーンが眠っている
見ろ
これらの寝息は硬く硬く押し黙って
まるで
宝石のような沈黙だろう?
うすぐらい朝の家に
音もなく
温もりもなく
蛇口から
世界を蝕むように
一滴ずつ

水が落ちる

炭酸水のアリス

夏への扉

あるとき歌がとだえた
それは休符にしては長すぎたが
はたして死ではなかった
おじいさんはレコードから音が流れなくなったのを
　いぶかしんだが
その夜はねむることにした
いくつもの季節がながれ
水辺では憧ればかりが焚かれていた

そしてふと彼は理解した
せかいは炭酸のしゅわしゅわした泡のようなもの

浅黒く肌の焼けた女の子の出ていった

ラムネ

ある時ぼくはおもうんだ
オレンジの皮をむくように空がおちてきやしないか
と
それはあまりにチクショウな一日で
青いボーダーをきた男の人が
さざ波をこちらに送ってやまない
地上にはアンテナが無数にあるだろう?
だからぼくはピリルピリルって
きょうもＳＯＳをおくる

若葉

気がついたら夏だった
油絵のしろい絵の具で
むちゃくちゃにぬりつぶしたみたいな
やけくそに
夏になってた

国道沿いのはずれ
さくらがいっぱい植えてある通りは
なんか葉っぱがゴッホだった

バイトに通うために
あおあおとした葉の下をおれは毎日歩いて行った

その下を

車や
のらネコや
散歩中のばか犬
くたびれてバテてるリーマンのあんちゃん
ブラウスの襟元がなんかエロい女子高生
ぶたカレーが大好きな近所の男の子

　　そしてあるときのぼくが

過ぎていった

《気づいたら俺はなんとなく夏だった》トリスタン・
ツァラ滅ぼせ　俺を

なにもない　頭痛と吐き気 Laphroaig 胸のむかつ
きほろ苦い朝

ルサルカのために

蛇いちごの灯ノウゼンカズラの灯
山牛蒡の灯

蛇いちごの灯は
時計をいつ狂わせたのだ
プラスチックのおもちゃみたいに
安っぽい赤だとは思わないか

夏の夕暮れ　I

夕闇は音を聴かない
舞踏会にさえ
塩辛い夏の闇は落ちる

ぶて
青黒い空を飛ぶ鴉

ぶて
落下しつつある陶酔の時間

楽しいのだろう?
ベイ茄子色のお前の闇が
白くぼんやりとした光沢を反射するのが

夏の夕暮れ　Ⅱ

夕闇に音は響かない
甘ったるい妄想にだって
闇は痛いほど辛く、訪れる

やめよう
青黒い空を流れる鴉に心痛めるのも

やめよう
柔らかい酔いに身を任せるのも

だって気付いてるんだろう?
ベイ茄子色の深い闇にたゆたって
気取りながら聖《ひ》じりを跳ね返す自分が

たまらなく愛おしいことに

バーガーショップうたかた

雲母《きら》の入った瓶が机の上で踊る
最近の流行はこれをハンバーガーに振りかける食べ
　方で
特に中高年の女性客の間で話題を呼んでいる

*

高原の朝を買っているのか
エアコンの冷気で
先生の肺がびっくりするほど透明になっている

*

窓には一枚
青空が飾られている
夏の思い出を消毒する犯人は誰だ

*

三百十円のアイスティーにたゆたいながら
レモンスライスが死んでいく
この盗人は太陽から爽やかな痛みを盗んだが
誇りはとうにカップの底へ沈んでしまった

*

少年の持つかき氷には永遠が
老人のもつアップルパイには憧れが詰まっている

甘夏

割りたてのグレープフルーツ
輝いている果肉に
夏は閉じこめられた
ほろ苦いジュースに憧れが詰まっている
青空をソーダ水でわろう
それは
見つけることのできない
魔法を探すための呼び水

5piatto

素晴らしいのは
いつもより太陽の色が濃い事だろう
これが夏だ
宝石の輝きを持つトマト
これを旨く食わせるイタリア料理の店に行こう
コックは時折ハーブを使って皿の上に風を起こす
俺はその風にまどろむのが好きだ
この店はむかし遊んだ屋根裏部屋のように俺を迎え
　てくれる
少し高い場所にある小窓から青空が見える
囚人のように見上げる空
憧れは夢に変わっていく

夏季休暇

プラスチックの透明さは
永若の国《ティルナノーイ》より遥か遠い
自らを杜若《かきつばた》と呟く男と
柿田川へ行く
緑の葉影に流れるこの川は
光を砕いて青くさえ見える
沢で
はだしの少年が肌を焼いている
それは幻
実際は小魚を飲んだカワセミの胃が
トルコ石に変わっていくだけなのだ

寂寥

夕暮れの薄暗い青セロファンに覆われた冬瓜が
たったひとつ畑に転がっている
乗り捨てられた盗難自転車もヒグラシの声に錆び始
めた
友よ、憧れを溶かしたカフェオレを飲もう
俺はこれより火喰い鳥の雛に
血を分け与えねばならないのだ

水の流れ

わたしの夜はいつもやわらかさに満ちていた
つめたかったけれど
あいらしい香りがひたいにふりかかった
木々のくらがり、橋の裏、水の奥、
幾重もくらさを重ねるように
あたりには
くさぐさの死とくさぐさの悲しみが沁み込んでいた

わたしたちはみんな帰路につく
イマージュの水は飲み込むものからやってくる

わたしはその事を知っていたし
夜のほうもわたしのことを了解していた

のぞみははるか遠くへといってしまうが、
とおく橋をわたる電車のあかりはとても近いのだった

変電所のそばをすぎ
たんぼのあぜ道を赤いイヤホンの男が歩いた
せかいは丸みを帯びていたが、女友だちの悲しみも
　丸かった

わたしはどこへもいけないし、とおくには何もな
　かった

送電線のむこうから風がふいた

くらきよりくらき道にぞ入りぬべき遥かにてらせ山
　の端の月　（和泉式部）

真っ白い手

美術館の窓の向こうにはヤツデがぬれていた
化粧坂の裾をひく土という土から
朝はため息が漏れるのだ
プラタナスがぬれ
あじさいがぬれ
水路がぬれ
アスファルトがぬれていた
そしてぼくと、
猫もぬれていた
存在がぬれることに
　　憧れがぬれる
朝は湿りけを髪にやどし
ぼくたちは一人一人

梳かされていく
うたうように誘うように
泣きいるように

首筋がひやりとした

行軍歌

研ぎ澄まされていく十二月
ぼくたちは
歩かなければならない
透明になりつつあるぼくらの影も水に
おとしこむのだ

いちょうの大きな木のうしろから
時折、女の影がきえていく
　　（冬枯れのサヴァランの悩ましき）

フラスコの底にたまる日だまりは
あおい水兵のむせび泣く声だ

霜をふみしめ
ぼくたちも進まねば
　　キャットテイル、にがよもぎの酒、
マイケルブレッカー、
　　　　ああ調子っぱずれの鼻歌よ
はてしなく結ばれゆく水の女、
つながっていく数限りない空の孤児たち
なんどでも打ち開かれる冬の朝に

ぼくたちは放たれた

みずち

田んぼを自転車で走る
ししとうと少々の菓子をかごにいれて
ひたいに汗をにじませる

農道には
すすけてしまった赤い屋根
石橋をわたり、日差しに焼けた地蔵を過ぎ
はめこまれた水路をはぐれ
階段のわきの坂をのぼる
木陰にはいる瞬間、おじいさんに、夢の続きをたず
　ねる

古びたくろがねの鍬、トンボのえんぴつ、
ずんだの豆腐、ツクツクホウシ、
オギソさんはでてきただろうか
わからない

わたしは終わりを信じていた
ヤツデの茂るやぶを抜け
廃車のボンネットをつきやぶっているツタを横目に

もぐら

その日わたしは梅田に行った
イケブクロはやたら上昇するのだが人は
ここでは潜っていった
空間のことを考える、ガラスの伸縮とはなにか
ケイ素の働き、立体的方位に潜在化していく心、もぐら
もぐらとは地下潜行するジュースサーバーで出会った
なにかあまいのを俺と飲んだ
「本当にあまいものは地上にはない。
お前たちはそれを思い出しているにすぎないのだ。
わたしはお前たちのアルファである」

哲学するもぐら
喫茶店もあまく、駅もあまく、人々のかばんがおおきい
ただ地下にある本屋だけはセクシーだ
もぐら　お前はどう思う
ブティックも、旅行代理店も、保険屋も、靴の修理屋も潜った
かんとだきもオムライスもカレーライスも潜ったもぐら
ゴザソウロウはあまい　もぐら
「われわれは故郷を携行する、そして
トランクは地下へ潜行する」

将棋少年

1．根アカでどうしようもない幼馴染

先日、わたしのメールアドレスに将棋短歌の寄稿があった。

宛先は知り合いの女性のもので、文面から推測するに彼女の息子さんのようだった。

わたしが将棋文芸なるものに片足を突っ込んでいるのを聞いて、将棋短歌を書いてみたらしい。

作者。少年W

木の箱に将棋の駒をしまう時、教室のオレもみんなもしまわれている

数学の試験は簡単だったけど将棋の本はまだ難しい

短歌って難しいですね、オレはまだ、なんにも書けてる気持ちがしません

メールにはたった三首の短歌が書いてあった。
タイトルには「将棋短歌です。見てください」とだけ。
オレという字がなんとも幼くて、自分の背中がむずがゆくなったが
僕はWという名の少年に返信をした。

はじめましてW君

僕の名前は〇〇〇〇といいます。


君のお母さんとは小学校1年生くらいか、そこら辺からの付き合いです。

ぼくにとっては年上の姉のような人って感じかな。

それぐらい身近な人だったので、息子である君から

届いた将棋短歌を見た時は
とてもうれしく思いました。

文芸活動をする時、ぼくは浮島と名乗っているので
これからは浮島と名乗りますね。

短歌はどれも素晴らしい出来だと思います。(本当
に初めて?)

よかったら、今度ぼくの参加している将棋文芸誌に
載せてみたいんだけど
いいでしょうか?
返信お待ちしています。

メールを送ってしばらく、母親である彼女から連絡
がきた。
掲載の件は構わないとのことらしい。よろしく、と
のことだった。

彼女は元来楽天家のケがあって、少々無責任なのが
相変わらずだった。

2. 影

まよなかに鏡をじっと見ていると不安に思う駒の裏側
あの駒たちも同級生もきのうまでは空をとべたはず
だったのに
(作者:W)

Wからの二通目の短歌は前回とは打って変わって影
ができていた。
思春期から青年期に変わる時、人ははじめて一面的
だった世界の裏側を見るようになる
なんてことを人は言うが、実際問題そうなのかどう
かは人による。

彼の場合はそうだったのだろうか。謎だ。

大人になって影を知っても、90円で売られているスーパーの安売りフライドチキンの出所みたいなもんで

ヒリヒリとしていた傷も、いつのまにかみんな乾いてしまう。

みんな特に気にしなくなってしまう。

だから？　ってやつだ。

今回は感想よりも返歌を選んだ。

彼が短歌だけ送ってきた、ということはおそらく短歌以外のコミュニケーションは望んでいないのだろう。

そう思って（少しムキになって）送っておいた。

コーヒーは苦い。いつかは俺だってシブい将棋をさせてたはずだ（大ウソ）

3．斜陽族

○○ってこんな適当なもん書いてるの？

彼女から届いたメールには下らない僕の短歌へのコメントが付いていた。

読者からの感想は甘んじて受けるべきだが、はっきりいってコイツからの文句は腹が立つ。

さすがは過去の「俺の大嫌いな女性ランキング」タイトルホルダーは貫録が違った。

まあ、返歌なのでノリで書いた部分も大いにあるが。

なぜか息子にあてた短歌に外野からヤジが飛ばされる理不尽。

Wのメールは相変わらず短歌だけだった。

将棋部に入れといってくる奴に勝てないかぎり入りたくない

棒銀を受け損ねたらUFOが学校にきて燃やしてくれる

（作者：W）

火のごとく校舎の夕べ　傾けばおしっこはただきらきら光る

（作者：うきしま）

むしゃくしゃしたので、もっとふざけてやった。

母親に対する皮肉のつもりだったが、後日Wから返信が来た。

斜陽ですか

と一言。

ばれたか。

4．Wが大人で、わたしがガキで。

100円マックの存在意義を疑う日々を過ごしていると

再びWからメールが届いた。

俺はまだ将棋を知らないのに教室の窓の向こうでかすむ飛行機

（作者：W）

オレという字が漢字になっている。

これが成長だろうか。なんとなくさびしくなった。

だけどお前は俺と違って将棋知ってるだろ。


おそらく慣用句的な表現なのだろう。

「わたしはまだ○○を知らない」とかいう言い回しは、学者連中が使いそうな言い回しだ。

生意気な奴だ。


彼にとっては不当かもしれないが、意地悪をしたくなった。

背の高い塀を落ちれば砕け散る　駒があっても集めきれない

（作者：浮島）


「マザーグースですね」

とWからまたメールがあった。

100円マックのように益体もないのは自分かもしれない。

5．後ろの山に捨てられたカナリアのその後

どうしても勝てないときはどうすればいいんでしょうか負けたくないのに

（作者：W）


Wとの奇妙なやりとりが最近は日課のような感じになってきた。

どうも自分が中学生だった時のどうしようもなさを思い出してしまって良くない。

一種の退行現象のようなものかもしれない。

自分もガキっぽくなった歌を詠んで返しているせいか、最近は彼が友人のようにさえ思えてきた。

勝てないの？

と返信を打つ。

勝てないです
とメールが返ってきた。

勝てないのか。

僕だったら何もかも嫌になって、引きこもってる。

僕は将棋をよく理解できているとは言い難いが、弱肉強食であるというのは良く知っている。


もしかしたら僕と同じく、Wはたいして将棋が強くないのかもしれない。

負けは確かに人を成長させてくれる。

だけど負けてばかりでほとんど勝てなかったら？

どこかでどうにもならない壁にいつかたどりついてしまう。

寺山修司じゃないけれど、世界の果ては自分の中にある。

自分にとっての果てを見るために冒険した人は、他の人が先に行ってしまったとしてももうそこから先へは行けない。

それが世界の果てなのだ。

それはとても辛いことだ。
おじさんも勝てないのです１００円のマックがいつも恐ろしいのです

（作者：浮島）

事例：少年W

「自らを棋譜の中から消去してしまえば外には雪が降ってる」

兄はもう狂ってしまった一枚の鏡を雪に埋めた時から

「踏切に雪が積もると踏切の向こうで黒い影が見ている」

いつだって影がみている追いかける雪には傘が王には玉が

「雪が降るとどこにも居場所がない僕は駒音さえも
奪われている」
「心臓の音を返して駒音が止まると僕は空を飛べな
い」
ぼんやりと雪がひかったいま兄はこの世の人じゃな
いかもしれない
「駒たちの墓をつくろういつまでもいつでも僕を守
れるように」
兄さんはあたしを見ないもう二度と好きなピアノも
弾いてくれない

「また夜が這い寄ってくる僕の目に」
「お願いだ飛車僕を守って」
「ねえ誰もいないのここは」
「寒いんだ」
「矢倉を組もう、妹のため」
「あいつもきっと怯えてるから」

電話から空

ありとあらゆる空へ
最寄りの電話からアクセスできるようになった
ナンバーを指定すれば夕陽も雷雨も
好きな時に人々は体感できる

熱帯雨林のスコールへアクセスした人は
人食い蟻の住む森で水沈香の匂いを知った
サハラ砂漠を吹く熱風にアクセスした人は
どこへも帰れなくなる夜を恐れた

それらはずっと
あまりにも生々しくて

身体がだんだん透けていくようだった

いつものように目覚めると
ぼくは身体が硝子になってしまっていた

硝子になった人々のニュースが
早朝のお茶の間を賑わした

硝子化する子供たちという題で
社会問題として特集も組まれた

それでも
肉体を透かして見る空はいつも青ばかりで
あまりにも透明なもんだから
人はいつしか電話も空もわすれていった

火曜日は錬金術師

背の高い理髪師のいうところでは
潮風には質量があるとのことだ

ある画家は波の絵を描いた
彼の絵からは波の音がした
彼の絵には
ぼくたちの言葉と同じように質量がなかった

思うに
嘘というものには質量がない
肺のふかく
鼻から抜ける
ぼくたちの音のひびきには
質量がないのだ

水滴には質量がある
だからぼくは
シトロンの皮を剝いた
氷水に浮かべるとそれは
海辺に住むぼくたちの呼吸になった

ルサルカのためのソネット

どうにか川からたちのぼる
朝靄がいま憧れを遮った
だからぼくは
もうどこへもいかない

どうしてここらの田んぼには
音がないただ自転車があるだけだ
だから真鍮のベルだけが
もうたまらなくすべてになった

いまここで声をあげなよ
だいじょうぶ
ぼくだけがいま水を見ている

不安なら川が持ってく
見てみろよ
ぼくのでさらに影が濃くなる

霧

また東京に霧が降りたら
真っ赤な傘をさがしましょう
数歩さきさえ見えない霧に
硝子もやさしくかげるでしょう

真っ赤な傘の女の靴と
トレンチコートのほつれた釦《ぼたん》
古書店脇のからたちの
緑にすんだ棘の先

すべてを霧に閉じましょう

地下鉄へゆく階段に
真っ赤な傘が降りていく
地下の地下まで霧が満ちたら
服もしとしと濡れるでしょう

かりょうびんがの絵巻物
懐中時計の置かれた電車
此処もあそこも曇るなら
橋の麒麟も息絶える

貴方はそれを見ようとするが
なんにもなんにも見えやしない

人食い桜の公園に
万年筆を埋めなさい
貴方が怖がる暇もなく
桜はあなたに紅をさす

舞台

甲虫の青い歯ぐきに舐められる遺骸
さあ吐き出せモルガンルフェ
史実の中身はグリセリンで焼き切るのだ
何を？　味気なさをだ
尖るのは何だ　アガパンサスの矢じり
引っかき傷が漏れだすガラスに
お前は何者であるか
モルガンルフェ
鎧通しの先一点にあこがれは曇れ　さびしみは垂れ
　さがれ
叩きつける熱風の夜明けに
幕が下りればライムライトはかき消えるのだ

Ⅲ　詩人の旅

詩人の旅　～一枚の銀貨～

喉が渇き
詩人は泉の水を飲む
傍らに浮かぶ少女の死体
水は甘く
身体に沁み渡った

水死した少女を前に
安らかな死に顔には
涙の代わりにグラハムトーマスの花びらを
白銀の髪を食む

ケルピー（水魔）よ
その青いたてがみを震わせて歌えよ
少女のはらわたを嬲る前に
泉の水を血で清める前に

詩を読むと少女は一枚の銀貨になった。
詩人は水に浸ったそれを握りしめ
その日のうちに山を下りた。

錆びたバス停の看板を前に
詩人はため息をつく
街へでるべきか山に帰るべきか

余韻

夏の影が色濃く落ちるバス停
私は風の中に潜む故郷の匂いを探す
翡翠に染まる腕
セルリアンブルーに透ける肌
もうすぐ街の音を乗せて
バスが来る
麦藁帽の少年
それはいつ頃の私であったか
風がやむ

バスに揺られ
森から立ち去る詩人
握りしめた銀貨に彼は何を思ったのか

酒場

蜜の香り
蜜の香り

私のささやかな願い

夜道に映える蛍の光を夢見る
私の願い

炭酸水に沈めた心を月光で照らす
私はもう立ち去らなければならない

蜜の香り
蜜の香り

私のささやかな願い

詩人は街へ出た
ビルに囲まれた都会の朝は
何かが生まれそうなほど
静かで
刺激的だった

都会の朝

朝陽の匂い鮮やかに
空気から夜が抜けていく
雀が鳴き
砕けちった千の玻璃を啄ばむ
私の肉体はもはや
遠い昔に恋をした
村娘の欠伸のようで
ただ柔らかく
敬虔な祈りの中のビルを見つめている

都会は機械的に人と言う歯車を回転させる
夏の陽光はただただ直線的に
詩人の悲しみを射抜く

疲弊

歩くたび
私の露草が枯れていく
杜若《かきつばた》の煙に
蛟《みずち》が幻を見せていたのは昔
今はただ
アスファルトの上を這いまわる
蟻どもの群れがあるのみ

ああ、ここには絶対的に愛が足りない
（私は偲ぶ
さらさらと揺れる木漏れ日の下
優しげに腐れていく落葉の温もりを）

都会に出た詩人はすっかり居場所をなくしてしまった。
そんな時、詩人はビルの向こうに果てしなく広がる海を見る。

居場所

遠くに見える蜃気楼
その打ち寄せる8月の波濤と共に
私の言葉が欠けていく
それは幼児が悪戯に作った
水たまりのように
夏の風景の中蒸発して溶けていく
隔てる物は何もないと言うのに
何故こんなにも苦しいのだろう
語るべき物語さえ全て欠けてしまった
週末の日に

波はいよいよ足元にまでやってきた。
詩人は船に乗って
錯覚の中旅に出る。
そして彼はもう一度銀貨を握り締めるのだ。
彼の、彼にとってのささやかな願いごとを叶えるために。

荒波

ああ、昔に飲んだな
ラガヴーリンという酒を
その酒はちょうどこんな塩辛い海の味がした
潮風に吹かれてもなお波に逆らう
海に生きる男たちのための酒だった
喉を過ぎればたちまちに
この空を焦がす太陽のような辛さが
じーんと口中に広がったもんだ
ウシュクベーハー（生命の水）
さあ波に切っ先を向けよう
私の場所はここじゃない

詩人は船の上で夜空を見上げる。
悪戯心が彼をわくわくさせる。

夜空

昔の航海ではビタミンが欠乏して
多くの人が死んだらしい
私は船に寝そべり
レモンをかじりながら
夏の大三角形を指先で遊ばせている
オー
空に浮かぶ巨大な金のオムレット
巨大な卵を産んだ巨大な鶏は何処へ
向こうに住んでいる飯岡さん家の食卓の上

やがて空を見るのにも疲れた詩人は眠ってしまった。
目が覚めるとそこは野外円形劇場だった。

演奏

小刻みに震えるバイオリンの音色に
私はそっと魂を差し出す
氷に触れるように
しずかに
しずかにふるえる

私という泉で水浴びをする少年の
背中を伝う水滴

凍てつけ！
円形劇場

真っ赤に燃える鋼を
喉を掻き切るナイフに変えよ
熟れた果実の汁を舐め
ゆっくりと

ゆっくりと
豊かな闇に
癒されていけ

銀貨はやがて温もりに気づき
花のつぼみに姿を変える

花のつぼみ

私の手の中で
ほんのりと甘く開く花のつぼみ
手のひらから漏れる
薄紅が
頬をくすぐりながら
妖しく踊る
香る事を忘れたそれは

私の骨と筋肉の格子から
出る術を知らない

詩人は花を食べた
奥歯ですり潰し、クリーム状になるまで咀嚼した
脳が痺れ、瞼は痙攣していた
そして詩人は黒い女を見た

毒

シャンパンの真珠のような泡に包まれ
私と貴女は腐れていくのだ
どこまでも

濡れ烏の髪の毛を振りほどく
貴女の清い手が
私をどうしようもなくさせる

それを愛などと私は表現しない
それを欲だとも私は表現しない
強いて言うならば
淀み

紙魚がまた一つ詩を食い破った

詩人は林檎に変化した
毒を含み
どこかの国の姫君を眠らせる事に目覚めたらしい
王子でも小人でもないところが
詩人の詩人たる所以である

林檎ジュース

知恵の実を林檎に例えたのは誰だったのか
イドゥンの果実も黄金の林檎だったと聞く
さてもみすぼらしい
どてっぱらの林檎であるが
私はウィスキー樽に等しい気高さを持ちながら
自分の甘さと酸味を肯定する
外界と膨張していく内的宇宙とを
こんなにも赤く薄い皮膚一枚で隔てているとは
何たる妙
つまるところ私は林檎の皮だったのだ
修羅でもなく仏でもなく
林檎の皮だったとは何たる侮辱と肯定
ここは一つジュースにでもなり
誰かの唇を湿らせてみよう

渇き

海は乾いている
紺碧の塩水は荒野だ
波が打ち寄せる浜辺には
イカロスの羽が一枚隠されていて
それを見つけた者は
この曇り空の向こうの太陽へ飛びたてるという
潮風が服に染みついて
泣きすがる亡霊のようだ
ガラス玉を拾う少年がはにかむ

アウトサイダー

しなるように叩きつけられた旋律によって
僕のちっぽけな世界は漂白されていく
山も、空も、鳥の声も……君の微熱さえ！
全ては一瞬にして凍りついて
いまや太陽さえ、甘い痛みを残すのみだ
だけど
僕は何度も、何度でも叫ぶよ
夕暮れに傾く街ビルにも、交差点を行きかう人の群
　れにも
怒るように、泣きいるように、
君も僕も、鳥籠から飛び立ったカナリヤだ
食べる物もなく
歌う声は雑踏にかき消され
やがては朽ちて死んでいく
だけど確かに自由だけはそこにあった！
ああ、喉が渇いて仕方ない
夏の熱く焼けたアスファルトに打ち捨てた魂はどこ
　へ行った
永遠を夢見て
人魚の肉を探しに
ナイフとライ麦パンを持って
出ていった魂は……
寒い、何もかもが寒すぎる
それでも君は僕に熱を分け与えようとするのか
ギリシアの聖なる娼婦のように
君よ、頼む
これ以上僕に触れるな！

空

僕にとっての
一番小っちゃな空は
文字なのです
きれいな憧れと
自由が
青く、青く澄み渡って
ただそこにあります
調べのように
さざ波のように
貝殻のように
宝石のように……

叫び

愚かさよ！
俺にはまだ残酷さが足りない
カードを引いてひたすらに狙うフルハウス
格好つけるのはもうやめだ
西瓜の内側に爆弾を仕掛け
俺は夕暮れの坂道を走りだす

バイバイ

沁みいるように
また悲しみがやってくるんだ
とつとつとメロディー流れ
カラフルなチョコレート菓子が
嘘っぽく笑う
周りの世界が
今日も軋む
テーブルの上の唐揚げも
テレビで放送されている政治のニュースも

ああ!
雑音が僕を犯す
いっそのことガラスみたいに砕け散って
数億光年向こうの星に
この苦しみを
青白い光として伝えられたら!

でも僕はまるで
炭酸が抜けたコカ・コーラみたいなんだ
せめて夜明けの空に
笑えればいいんだけどな
霞んで消える月みたく
笑ってバイバイできたらな……

オハヨウ、

失望　Ⅰ

春風の火照りに
心は燃え上がり
薪のように音をたてて崩れる
灰が雨の中
行き交う人々に踏みしめられる
還る事はない
私はアスファルトの上
ただ水たまりを濁らせることしかできない

失望　Ⅱ

そして君はまた物語を書く
曇りの日に飲まれるホットチョコレートのような
僕はここから立ち去ろう
意味合いを求める所に答えなんかないんだ
飾られた言葉に流れる偽物の命は
カラフルなキャンディーみたいで
僕たちの舌を密かに染め上げる
疲れてしまったよ
甘くて嘘っぱちな自分の性器を押しつける
この行為に

この思い

夜空から雨が降ってくる
俺は一人ぶらつきながら
肌をなぞる何者かの小指を感じている
ジャズの音が
カッターナイフで
うっすらと俺に傷をつける
血液と混じる雨が時代と共に腐っていく

静まりゆく鼓動

私の声を聞いてください
夜の森に漂う湿った空気を
青々とした草原に放たれた一匹の獣を
骨董商人が持ってきたランプの焔を
さあ
仄暗い地下室に積もる埃のように
光を求めず
どうか私の声だけを聞いて居てください

旅情

歩けども歩けども
心は目の見えない赤子のようで
船出する風を感じる事さえできない
熟れた林檎の放つ香り
この海、アップルタイザー海に
私を抱く懐はあるのか
いやありはしない
あるとしたらどこに？
骸の中に

腐乱

流れ出る果汁の甘さ
そして温かさ
湧き立つ香りに酔いながら
私は少しずつ腐っていくようです
列車の中を照らす夕陽は燃えると言うよりは
沁みると言った方がいいでしょう
幼さが
風の裸体をなぞる私の人差し指に
一点の刺し傷を作り
痛みと共に私を覚醒させます
だからこそ私は眠らざるを得ないのです

夜空

黒糖色の夜道を歩いて
鼻ですんすんと息をした
落葉の匂いがするかと思っていたら
そうでもないのだった
私は月明かりがいかに嘘っぱちなのかを知っていたので
月光に身体が透けてしまう心配はなかった
果たして
私の心から詩は枯れてしまったのか
10月の夜空に問うた
けれど彼は
5月の青空のような絶望的な台詞を吐くでもなく
8月の夕立空のように怒るでもなく
ただ優しく微笑んでいた

業平

男が一人種子になる夢を見ている
夜
森の大樹は枯れ果てて
その記憶ばかりが血を流す
顔は痩せこけ、しばしば胃の痛みに悩み
妄言ばかり繰り返す
手は枯枝のように細く長く
吐く息はキャラバンを狂わせる
砂漠の風のようだ
弓張りの月
どうかこの男の空の皿を
溢れるような黄金のスープで
満たせ

銀色の微熱

自分でも訳が分からない
銀色の微熱などと
さも暗闇を打ち消しそうな言葉であるが
実際は臆病な月光しか
夜には存在しないのである
しかし私にはわからない
それだけの存在がなぜこんなにも心ひきつけるのか
わからないのだ
なぜあんなにも静かな物が
欲望の果汁を垂らしているのかが！

我が翼はプラスチック製にて

我が翼はプラスチック製にて
飛ぶことが出来ない
いつも地面を這っている
遠くの方に軽やかな仕草で
シーツを干す女が見える
飛ぶことはおろか
抱きしめることすらできない
かすかに聞こえる歌声に目をつむり
秋風に微熱を奪われるだけ

未知

どこにあるのか安らぎの園は
ペンを持つ右手にそうそう情熱が宿ることはない
ただ月の光に錆びてゆくのみ
古傷がそうそう悲しみにうずくことはない
ただその隙間に砂がたまるのみ
それでも私は書き続けなければならない
突き動かすのは好奇か恐れか
どこにあるのか！　安らぎの園は！

私はどうしたらいいかわからない

一体どうしたものか
街を照らす太陽は沈み
いまは新月
さやさやと吹く風には
金木犀の香りが匂い立ち
長く細い君の髪を梳かしていく
その香りが君のうなじに滲む
汗の匂いと混じる時
鐘楼は鳴り響き
私はもうどうしたらいいのかわからない

巨人への反抗

このような雨の日に
せっかく君が持ってきてくれた水餃子だけど
僕にはもう食えないのだよ
見たまえこの玻璃色の身体を
僕はもうすぐ光を帯びることなく
この雨の中
無限に散らばるだろう
だから大地が穢れないように
君に身体を拭いてもらっている
氷の入ったグラスで透明な三ツ矢サイダーが飲みたい

黒雲

すばらしき日々は冷めていく
青い夜のナイフのように
氷結した思い出を
美しいとも思う
奪われていけばいい
熱も時も何もかも
乾いた笑いを浮かべるこの俺に
稲妻を！
もっと力を、全てをかき消す
痛みを！

心の感官

緩やかな寒さに身を縮め
布団の中で丸くなる
ちょっと遠くで洗濯機の音が聞こえる
それは
先日の私を遠い遠いどこかへ洗い流していく
雨戸から漏れる陽射しはちろちろと
まるで子犬のように純朴な目と舌を持って
部屋の冷たい空気を舐める
陽射しには溶けているのだろう
冬芽を出したばかりのコブシの色や
きんっと張りつめた空の青や
アスファルトの灰色
クリスマスローズの紫が

さすらい

もう冬だと言うのに
麦藁帽のおじさんが
アイスキャンディーを売っている

こんな夜だ
男が青の時代の慟哭を発するのは
月明かりのなか浮かび沈んでゆく
白薔薇
ミルクティーの香りを発する御身はかよわい
ティーローズ
棘は風を裂きながら

さらなる孤独を歌い
鋭く尖れば尖るほど
子供は一人かくれんぼに取り残され
泣いてしまう
それを知りながらも
なおもここを去ろうとはしないのか

出航

私の中の水を恐れよ
サテンの布のように流れる水を恐れよ
水は侵入する
隙間という隙間
穴という穴に
この震える銀時計の螺子《ねじ》を錆びさせた
いにしえの海水を恐れよ
風にただ千切れ
砂と化す
万物の息絶える所から水は去る
そこに音色は存在しない
友よ
お前は感傷を感じる者なのか

絶え間なく流れる水の中に
自らの傷を刻みつける事を望む
感じる者なのか
ならば心する事だ
お前の涙は
たったいま
母なる海から分かたれた

我がアリスへ捧ぐ

アリゾナ砂漠の砂粒が
遠いアドリア海の夢を見る日
私の心は風になり
砂粒を運ぶ鷲となる
一滴の雫を求め
心の回廊を巡る少女に
螺旋階段は降り注ぎ
さらなる迷宮を織り成していく
血の穢れから逃れるように
母となる呪縛から抜け出すように
月を見る少女へせめて涙を流すだけの潤いを
翼
青空を切り裂き
天に浮かぶ雨雲をまとえ
雷にこの身がばらばらに千切れようとも
届けるのだ、愛を

宣告

時よ滅べ
赤く色づいていく林檎のように
私よ苦悩せよ

塩基性の湖に
少しずつ溶けていく
投げ出された少女をお前は見たか

やがて色を失っていく
全ての風景に
標本用の毒を流し込む
男の涙
その悲しみを包むように

私の心は開かれている

時よ滅べ
赤く色づいていく林檎のように
私よ苦悩せよ

射殺された夏の血液が流れる

（短歌）
この俺の心のクォーツ滅ぼそう人形となる夢を見るため

（短歌）
星空を見つめる孤独剃り上げてメロンソーダをぐっと飲み干す

雪解け

窓辺から柔らかな日差しが訪れる
メロンソーダに浮かぶ氷は恥じらいながら
布をほどくように溶けていく
瞼の裏には零れおちるほどのミモザがあふれ
世界中に存在する傷という傷
悲しみという悲しみを指先でくすぐるように撫でている
僕は僕の春を受け入れよう
あまねく苦みも甘さも僕の前に、後ろに並べよう
そして心に北斗七星を描くのだ
静かな春が、ミモザの黄色が
孤独な漂流者を癒すように

誕生月の歌

真夏の太陽は痺れている！
うっとりするほどの濃緑をたずさえ
俺はこの季節に生まれてきた
木々が風にざわめき
そのときめきを
アスファルトに影として落とした時
汗をかき疲弊した精霊は
レモンスカッシュを一気に飲み込んだのだ
そして宝石箱のルビーが燃えた
冷たく
恨みを持ってこちらを見つめながら……
苦しみにあえいで疾風をかき切るのはやめだ
日焼けする椿の

黄色く変色した屍
そこに俺の目があるのなら
見つめよう
ラムネの瓶に青く輝く
ビー玉の翳りを
春に散った花弁を踏みしめ
大地深く流れる水脈を見つけるために！

飄々と歩く姿に風が病む汝《なれ》の嘯き我に与えよ

独り病

緑葉のささやきが聞こえる
まるで硝子が砕け散るように

時に激しく
心はざわつき
息ができなくなる
なんと遠くまで来てしまったのか
山の尾根には私の涙がいまも埋もれている
川はさすらいを続け
軟質の鉱物として海へ帰っていく

虹色の光
私の身体を包み
祝福の代償として
血を搾取した女神はどこへいった
(ほら、あの蒼いインク壺の追憶の中に)

なぜこうも私は遠くへ来てしまったのだろうか
その謎は封筒の中へ堅く閉ざされ
もはや私の触れる所にはない……

独り

硝子の破片で傷をつけて
指から流れる鮮血の温もりに酔った
そんな時代はもう過ぎた
いまはただ
温もりなぞなく
蒼い夜空に一匹、高らかに
満月に吠えるだけ

所詮
俺は一匹の獣なのだ
醜い臭気を撒き散らし
腐肉を貪る一匹の獣なのだ
人を思いやることも
思いやられることもなく
俺は穢れきっていく
温もりなぞそこにありはしない
凝固した血液の冷たさと
蠅のたかる腐乱した俺の屍があるのみ
俺は俺を食っている
今日も明日もこれからも……

ロザリオ

月があんなにも輝いている
というのに
僕のいる森は暗い
今日も
めくらの魚のように
針葉樹たちは重々しい闇を抱えている

この闇に僕は独り酔い、痺れていく
ああ、もっとロザリオ
光を！
金色の息吹を僕に与えたまえ
供物となって
僕の罪を

その黒い血液で洗い清めてくれ
ああ、もっとロザリオ
光を！
厭らしい僕をえぐるような
そんな息吹を
与えたまえ

どこかで機関車の汽笛が鳴る
辺りに靄が立ち込める
じきにここにも朝が訪れる

春愁

それでも淋しさは
僕の青空を遠く高く飛ぶのか
今日もまた独り
渇いた青空を見上げている
少しばかり悔しくて
路上の石ころを蹴る
そういえば梨の花の咲く時期だ

［白い薔薇が茶けて］

白い薔薇が茶けて
一枚花びらをおとした
僕はそれをじっと見つめ
靴で踏みつぶした

空に軽蔑のまなざしを向けながら
歩く日々に疲れていく
いくらなんでも遠すぎるんだ
僕にとって空という奴は

心の箱庭

もう僕の蔵には
ひと握りの米すら残っちゃいません
肌を通り過ぎる風に目を細めつつ
両手を広げるのみです
ハッカの香りが立ち上り
空をますます青くします
青空はいいものです
苛立ちも焦燥も全て吸い込んでくれます
けれど僕の蔵にはもう
吸い込まれるものなんてありゃしません
ほら、ご覧なさい
遠く高く鳶《とんび》が飛んでいきます
ゆっくりと輪を描きながら白雲を裂くように飛んで
いきます
この草原はなんの実りも与えてはくれませんでした
ただ僕の胸をざわつかせただけで
泣きいるようにすがっても
わめくようにすがっても
何も満たされはしませんでした
ここらは見渡す限りの緑ですが
あの遠くに見える針葉樹の山々
歯に沁みるほど冷たい小川の水
全部、全部飾り物です
ここらはみんな
僕にとっては
緑の色の荒れ野です

天《あめの》尾羽張《おはばり》

母を殺したカグツチの首の血飛沫は
あまたの神を生みだした。
それは空の星となり
イザナギの剣、オハバリは
いまも天の川をせき止めている。

「お客さん着きやしたぜ」

船頭の声に気が付いて、ひりひりと痛む目をこじ開ける。

八月の終わり、水晶林檎を摘むのにも飽きた俺は境界にいた。

境界にある女の睫毛に会いに来たのだ。

その船宿は砂丘の上にあった。


船着き場に降りて、木製の板階段をあがる。

水筒に詰め込んだ水砂糖は半分ほど消費していた。口が塩辛い。


畳の長い廊下には靴箱がいくつも並んでいた。

ここで過去を脱ぎ去るのが倣いだ。

靴箱は八十八を選んだ。

藍染の鼻緒は飛沫模様であったが、あいにくここは海ではない。


丸太を組み合わせた受付の前に立ち、チェックインをする。

「ご予約はされていらっしゃいますか?」

顔のない女中が俺に鍵のありかを尋ねた。

俺は青銅の手帳を取り出し、チューインガムの銀紙を手渡した。

彼女は庭師の永遠の夢なのだ。

「コウモリ座の旦那でしたか!　いやいやすっかり

恰幅が良くなられて……」

少女が懐かしげに口端を釣りあげる。

確かに俺は線的な精霊のフィルムを焼き切ったのだが。

とにかく、彼女は夢の帰る場所を知っているようだった。

小豆色の襖を開けて中庭の渡り廊下を歩く。
この宿の渡り廊下は蜘蛛の巣状に編み込まれており、物語をからませてしまうのだ。
からまった人生は切り捨ててしまうしかない。
でなければアジのさびき釣りができない。
いくつかの部屋は襖が開けっ放しで、俺は横目でそれを何度か盗み見ていた。
俺の記憶が確かならば、
白衣を着た教授たちが難解なチーズオムレツに挑んでいたりした。

中でも気になったのは疼痛の間だ。

紅色の部屋の中にはうぐいすの行燈が灯り、甚平を着た豚が花魁にもてなされている。

「……旦那、ああいうのがお好きなんですか?」

顔のない女中が悪戯っぽく口をとがらせた。

「あたしが産湯から面倒みてきた旦那もツマンナイ男になったもんだ」

少女のうなじがいじらしく縮む。

「ブリュンヒルデ、俺は英雄じゃない。ただの嘘つきだよ」

思春期の青ざめた馬乗りに言い訳を連ねる。

まったくこの娘には昔から敵う気がしない。

すると女中はぷっと吹き出し、横髪を耳にかけ直した。

「旦那。優しすぎ」

それもそうだろう。

雷の走るカンラン石の大樹から彼女を摘み取ったのは俺なのだ。

娘を愛さない父親がどこにいようか。

「ほら、お目当ての場所だよ」

中庭には泉があり、スイレンがいくつか浮かんでいた。

白い花の中に空があるのだ。

水は青く清く溢れ、何人かの宝石泥棒を凍えさせた。

ハンチング帽を被ったイワナ坊主が泉のふちに立っている。

鬼火よ、俺はツツジのありかを訪ねていたいのだ。

「旦那。白い月の日においでなさいよ。今晩は緑色の月だ」

顔のないモネ夫人はつまらなそうにドレスのすそをなおした。

ここの女中はみなやる気がない。

「緑であれば歌は届くだろうか」

「さあね」

「星は水と出会えるのか」

「知らないよ」


銀色の鈴が鳴る。まがまがしく苦い音色だ。

泉はどこへもいかない。川がない。海へ行けない。

コウモリ座の流れ星は、いつ、この泉に堕ちることが出来るのだろうか。

「旦那」

青いほおずき二つだけにぎりしめ水の孤児慰めにゆく　（半島）

貝殻亭

私の耳は貝の殻、
　海の響きを懐かしむ。
　　　　　　　ジャン・コクトー

七つの森の暗いかげから
　ミミズクの夜鳴きが聞こえた

　オレは

国道の抜け道　排気ガスがけむたい夕暮れ
　そして

　捕食された
（ちくわの穴から覗く神聖なあけぼのさえ遠く）
　しのびよる
　森のしじま
が
　「青い花」へ　「金枝篇」へ
「猫の事務所」へ
引きずり込んだ　（夜の海にたたずむモルガン・ル・
フェ）
　清らかな蓮にくちづけをする
ルサルカの
　青い静脈

笑うな　どじょうを食う水色の老人
現実のよすがを
しのべ
袋売りの豆菓子の安値を
もう　帰れない
オレは　美しさに狂う
下衆の
宝石盗人《ほうせきぬすうど》だ

（反歌）
まだか　シャルドネに棲む金の獅子　はやく滅ぼせ
俺の矜持を

イノチノイロ

鬼百合がはじけとぶ朝に
ぼくは海を見に行った

マルコ・ロッシみたいに
ぼくは靴をすりへらした

銀貨をくすねた男の子みたいに
ぼくは身をかがめた

妹がいる兄貴みたいに
ぼくは乾いた唇をなめた

海は

にごっていた
波止場の水は青くなかった
空もどんより曇っていた
　声は、届かない

ぼくは制服のスカートがきらいだった
七月はにごった灰色をしていた
ぼくは海をのろった

赤やピンクよりも青が好きだったのに
そんなものは海になかった

口の中の端っこがすっぱくなってきていた
ぼくは聞きたくもない声を
あげて泣いた

もうぼくがいない

青は、いままでも、これからも　ぼくには似合わな
　かった

（短歌）
「ねえさん、帯止めはまだ赤いだろう?もっと、
もっと、きつくシメなよ」

夜明けのコラージュ

冷たい空気が女たちの肌をしたたかにたたいたのだ
砂漠の冷たく、からい夜明けに

砂は思い出を舐めずり
ジプシーの黒いヴェエルをいくども、いくどもぶつ
のだ

そのときが来れば
女たちの目じりにはいくばくかの水滴がにじむだろう
白い岸壁にかこまれた借り宿に
水はたちまち乾くだろう
青ざめた地上の夜明けに
星たちは追いやられるのだ　ついに　ついに

そのときが来たらお前たちはどこへいくのだ
日を星を月を
ひたすらに詠むお前たちはどこへいこうというのだ

遠い憧れの先
なにもかも枯れ果てた屹立した朝に
水は振りしぼられるのだ

その時、お前たちは、俺はどこへいくのだ
何を捨てて、何を守り、歩こうというのだ

午前六時

朝日に照らされたトマトに塩を振りかけます
一粒一粒の透明な憂いです
カミソリで剃りあげられた
独り身の寂しさ
蛇口をひねれば
カルキで消毒された水が
宝石のように流れ出します
これらは敬虔な祈りなのです
はつなつの朝に供物として捧げられる我々の
たったひとつのワガママなのです
有機物体であるわたくしの
無機物体への憧れは
魂を宿す灯籠としての欠陥が所以しているのでしょう

かつて
星とガスとちりでしかなかった我々の過去に
わたくしは静かに倒れます
宝石で顔を洗う
うららかな曇り日の朝

（短歌）
試験管の中で銀樹は呼吸する神さまのつく嘘みたいな朝

藍銅鉱の時代

夏は猫とともにやってきたのだが
窓を開けても
ぼくは飛べなかった
物事には質量があるというが
世界はすこしばかり重たすぎた

特に海はものすごい質量で
潜水夫のかなしみに付き合っている間
ぼくはすっかり海だった

さびしさは藍色に燃える
それを教えてくれた夕暮れだった

三毛猫は空へ
ともだちは空へ
雲はかき消え
ぼくだけがいた海

嘘の成分

――（年をかさねることは嘘をつくことだ）
星をみて宇宙飛行士はそう思った
――（大気中に存在する
　質量パーセント濃度二十一の
――酸素を消費して
――ぼくは必死に嘘をつく）
アルミシリカガラスと
溶融シリカガラス

それらをあわせた
まるい水槽の向こうから
彼は地球へ手を振った
――（ハロー　植物性プランクトン
――ハロー　クリスマスイブの子供たち
――良い新年を　ぼくは元気さ　どうせ月だ
――酸素はないから嘘もない）

ぼくは残響音のように

ぼくは手を止めて暗がりへ入っていった
凪は淋しみに痺れていた
夜は川辺から這い上がり飲みこんでいく
おそるおそる
触れるのだ　夜は

孔雀石のなかへ切り傷を込めて
あじさいの花を愛おしげにかみつぶして
魚は夜に　喘ぎは夜に

折り重なっていくのだ
ぼくは　影に
何枚も何枚もそうしたように
ぼくは　残響音のように

巌

ものごとに始まりがあるんなら、終わりはきっと苦いのさ。
あぜ道に倒れ込んだウシは炎天を睨むだろうぜ。
なぜオレばっかりがこんなに惨めで、こんなにも情けなく？　とな。
ハッ　下らねえ。
なあ兄弟、とどのつまりはこうだろう？
炒りたての落花生を口の中で嚙みつぶすようなものだ。
皮をなめた渋い唾液が、本当に唾液なのか、
それとも自分自身の怨嗟なのかもわかりゃしないんだ。

暗い夜の電話ボックスに何もかもぶちまけちまいたい気分だろう。
蛍光灯の白い光に「神よお許しください、ぼくはひどくダメな人間です」？
とんでもない！　俺たちは苦い、苦みだけが保障されてる。
そんな陳腐な文句にひざを折るかよ。
よりにもよって電話ボックスだ？　馬鹿にするな。
夜の海は真っ黒な火だ。低く呻いてお前らの足を引く。
あんなだらけきった甘味に俺たちが惹かれるとでも？　有り得ない。
寂しさに駆られてうごめきながら、ざわめきながら、助けを求める勇気もなく、
ただただ、腐り果てた目くらの海に惹かれるとでも？
あってたまるもんかよ、そんなこと。
ほら、バーボンではやく脳味噌を濡らせ兄弟。

甘味は辛味と共に爽やかでなきゃいけねえ。
たとえこの世が虫食いまみれの古木を踏みしだくようなもんだって、
俺たちは進んでやるぜ。

八月の星空がなんだ。
あんなもん全部俺たちの傷じゃねえか。
どんなに痛くったって、涙ボロボロこぼしたって、傷は傷だ。傷でしかない。
もっとピシパシと砕いてみろよ。なんにもなりゃあしない。
だからこそ、もっと砕けよ。

《ふくろうは月を飲み込む》まだ駄目だ　かつ火を砕く鳥でなければ　(半島)

ぼくはきっと……

ぼくはきっと
夜というものだ
どんなに明るい街にあっても
射殺されたアパッチの夢を見る

ぼくはきっと
ペンギンだ
あまりに遠いものだから
どこにいるかもわからないし、
どこにいないのかもわからない
でもたぶん
チューインガムのデザインにはいる

ぼくはきっと
アンドロイドだ
通信がとだえた月にあっても
ヒトへの憧れは、飢えつづける

ぼくは
ぼくは
きっと夏だ
きっと、きっと
かんかんに暑い夏だ
たとえ
耳が凍るような谷川の中にあっても
太陽へ　手を伸ばす

辞書

おまえたちは考えない
夕暮れに落ちる鳥たちも
ただ断面にすぎない

おれたちは採集された言葉だ
灰色に練られた夢、
ねじきられた空、
帰る場所のない水にすぎない

おまえたちは触るな
採集された意味は真夏の死体
おれの筋肉と骨もまた記号にかわる

あこがれを燃やしつづけ
なにもかも
焼け払われたことさえ忘れ去ってしまった時

おれは一冊の辞書である

それは
言葉として採集されつづけた肉体の勝ち得た
くらく濡れた炎である

そのときおれは初めて肉のうすぐらさを知る

飛行期

夢はどこへ帰っていけばいいのだろう

あかあかと燃えていた銅板を捨てて、緑青《ろくしょう》が芽吹く
ころ
わたしは黄色いアイリスを見つめていた

空は

螺旋を、アクリル板を、ＬＥＤライトを
ハンダ線、機械油、アルミニウムの物語を

語らない

踏切の遮断機は
いつか誰かに折られたまま
何も分からずに　かげっていく

静かに、静かに、

そしてわたしは、誰に訴えていいのかもわからないまま
雲に、風に、星と灯火に、
わめきつづけた

夢はもう、どこにも帰らない

瓶の中直立する空気

ああ、
全ては遠く、あまりにも近すぎたんだ

ねじきれたゴムに　子どもの泣きだす夕暮れ
わたしは　あくる日の　バルサ材には　なれなかった

卑しむな夜の愛撫を身に受けて月を射殺す俺の孤独を

ニュクスの伽藍

暗闇よ全てを覆え
まだ眠らない椿が血を流すほどに
月と心交わす者がいれば
聞け
いまは夜
緊張と悲しみの狭間をたゆたう夕暮れは去り
我々は安息の泉へ足を踏み入れたのだ
あまねく詩が我らを包むだろう
あらゆる温もりが我らを慈しむだろう
星よ狂え
回転木馬に乗る日々を捨て
この地に集い花々を結実させろ
俺はこの喜びを叫ぼう

偽りの悲しみ

冬の花々が沐浴をし
朝焼けの冷たさに火傷を負う
俺は独り動脈に冷たい針金を通し
血液を凍らせている
あらゆる事物を切り離し
自立を促す父、朝
ラ・フランスの香りが漂いだす
水滴のついたグラスの笑い
夜に濡れた翼はいま沈黙から解き放たれ
わずかに羽ばたき始める
受胎告知に訪れた天使の如く
その翼は清く、白い
しかし名も知らぬ風がその嘘を見抜く

真に透きとおっているのは肉を貪る蜻蛉の翅だ、と
身を溶かす夜の甘さから逃げようと朝焼け色の白ワイン飲む

火の病理学

見るだろう
そして知るだろう

プラムはその内から豊かさを増し、いままさに
お前のために潤んでいるのだという事を

夏は直線が絡む時代で
撃ちだされた音色はむつびあうことを知らず
いつの間にか　　途方もない道程のついに消えうせる

トロォイメ、トゥラァウム、ナハット
飴玉のように転がされる言葉

線のない言葉たちが、かつて輝きを放っていた頃
大地には満ちていた

それぞれの神話が
それぞれの胸を焦がし
鳥は雪原を渡り、真っ青な空は
その清潔さをもってわれわれの思いを焼きつくした

黒い時は去り、泣きいるような恋は途絶え、
したくちびるは乾き、メルジーネの舌を咬んだ

藍色の道
そこを征く一台のチャリオット
われわれはもう、行かねばならない
最果ての、最奥の書架へ
車輪は震えるように、響きあうように、凍てついて
　いくのか

夜は複合的な思惟のなかに留まり
赤く焼けるタバコの火は
あの時代、沁みいるように青年の心を病ませた

見よ、この清められた夜空
彼らが水を流すとき
かぎりない憧れと羨望の奥底に
わき出ることがあれば、それは、
たをやめの手がかじかむ
外傷の歌声

Ⅳ　ガヴリエルの百合

ガヴリエルの百合

みぞれ雪が降った夜
私の名前は捨て去られ
街には羊水が満ち満ちて
黒く深く沈んだ
さわさわと傘を叩く雪の重みに
そっと目を閉じながら
ひと匙の夢さえも飲み下した時
どこかでサンタマリアと声がした
黒服の男たちが風のように棺を運び去り
肺の中にまで夜が侵入してきたのだった
内面からも外面からも抱きしめられて
震える口の中に寂しさと優しさがいっぱい広がった
いよいよ私も差し出すのか、なにもかもを

思わず目を開けると
なぜだろう
そこにはラピスラズリを欲しがる在りし日の私がいた

葬列

角砂糖の優しさをコーヒーに溶かす
少女は軽やかなステップを刻み
天空へ舞い上がる

とうじさん、とうじさん
わたしおそらをとんでるわ
とおくのおやまの
みどりのおくに
コーヒーをのむ
あなたがみえるの

少女が空へ落ちる日に
黒服の男はコーヒーにむせる

鐘

もはや夢を見ることはない
墜落した身体は
黒土の大地に磔にされたよう
かすかな湿り気と温もり
白くかすむ秋の青空
血はとうとうと流れ
遠くで時刻を告げる鐘が聞こえる
母さんの鐘だ
その音に促され
僕はわずかに目を開く

10月の夜

吹きすさぶ獣の歌
眠気に気取られないように
ひっそりと歩け
夜の街は我らのゆりかご
月の光浴びて
透けていけ
グラス一杯のウィスキーを仰ぎ舐め
酩酊しながら歩いて行け
そこでお前は見るだろう
風となって地を這う俺の亡骸を

旅路の果て

冬の日の潔癖な青空を
なぜだろう
モンシロチョウが飛んでいく
毒に冒された俺は
洗濯機の漂白剤に手を浸しながら
アオムシの夢を見ている
今日この日
沈黙を欲している手は
あらゆる事物に怒りを発し
文脈から俺を消し去ることに腐心している

庭

緑の薔薇の零れた笑い
太陽光は庭を打ちすえ
震える魂を打ちすえ
僕の身体に深い影を刻んだ
愛情に駆られながら
背徳の狩人が水仙の前を横切った
黄色いチューリップをかき分け
やがて狩人は一人の少女を射殺した
木蓮の花が煙り
苺の白い花が僕の子を身籠った
井戸の水はとめどなくあふれ
空気と土と少女の頬をわずかに濡らした
そして僕は青空の女神となり
美しい物も醜い物も
あふれる絹糸で包み込んでいった

絶対零度

例えば獣に回帰するような
一瞬
私の魂はそこにない
例えば恍惚と音楽に酔う
一瞬
私の魂はそこにない
巨大な氷河のクレバスが見える
青い青い部分
そこに私の魂はあるのだ！
そこ以外にはどこにもない
どこにもないのだ
夕焼けの街角にも
猫の棲む公園にも
母の胸の内にも
私の胸の内にも

試験管の中の嬰児

雨に歌えば

瑪瑙《めのう》のように
濡れた街を
男が一人
歩きまわる
手には黒い蝙蝠傘を持ち
いかにも陰気な面持ちで空を睨む
ライムライト
お前は常に孤独を湛えた私の伴侶
小賢しくなり後悔を覚えるなら
いっそ
愚者となり笑い飛ばそう
笑ってくれるかライムライト
私は今宵
青白く燃えるお前の涙を
裏切ろう
そうだ、ああそうだライムライト
それでもまだ私を照らすなら
この老いさらばえた身を照らすなら
せめて野良犬のように死んでやる！
闇を照らす火之迦具土《ひのかぐつち》の血液が確かに沁みた俺の心に

＊ライムライト：舞台上の役者を照らすスポットライトの明かり
＊火之迦具土：イザナギ、イザナミの息子。燃え盛る体で母を焼き殺し、その場で父に斬り殺された

ガラス玉の夕陽

遠くのほうで

貝殻が砕けて砂になった
さざ波を追うたび
風が砕けて悲鳴をあげた
陳腐な黄金が
気化して漂っているに違いなかった
それだけここの空気は甘く、鈍重だった
女が微笑み
言った
僕はそれを聞いて笑った
砂浜に埋めた瓶ビールはぬるくなり
やがて僕らは言葉を忘れていった
バスの来る時間
夕闇が足元から這い上がり
そして麦わら帽が一つ、置き去られた
銀色の鋏を持って前髪を切った日「僕」を失くした
ような

名残の庭

時計塔の針は狂いっぱなしで
今日も僕の心には
夏の青空が一人住んでいる
さあ、この冷えたシャルドネのワインを飲みたまえ
この庭の白い椅子には
永久不変の陽射しが注がれている
翡翠色の凮はハッカの香りを漂わせながら
ただ君の
本当にただ君のためだけに吹いている
飴玉を溶かすような時間は流れ
せせらぎが君の耳をくすぐる
ここに
君を愛する事を誓おう
鉄の鎖に縛られた君は
晴天の下

水に濡れた硝子のように美しい
君を恋い晴れ渡る空抱こうかミントジュレップ味わ
うように

白雪姫

刺々しい真鍮製の月光を眺めながら
君は夢を見るのだろう
遠く碧い北極の海へ沈む夢を
僕は午前二時に氷を溶かすだろう
舌の上で遊ばせながら
やがて思いっきり嚙み砕くだろう
真夜中に君は独り
真夜中に僕は独り
天空を彷徨う焔が僕をさいなむ
僕の見ているのは肥大化した君の影なのだろうか
君の見ているのはそんな僕の道化姿なのだろうか
それならばこの世でもっとも美しい嘘を君に贈ろう
だから君よ
ほんの少しでいい
僕のこの甘くて苦い林檎を齧れ

見せてくれ痛みに歪む君の顔もっと優しくしてあげ
るから

（短歌）
あの朱夏に俺は産まれてきたのだな笑顔のペルソナ
その手に持って

岸辺から

さらば
氷上のアルルカン
お前の胸にはかすんだ青空が眠り
微笑みと共にシルフの風が吹きすさぶ
果たして残響する夏の中
お前の求める聖痕はあったか
光と共に歩んだ道は
ただ強い陽射しにあえいでいただけではなかったか
肥大化したヘラクレスの夢を追い
とうとうお前は一度死んだ
アルルカン
何もかも冷たいよ
この繭の家はせますぎる

妄想

私は気付いてしまったのです
サイダーにレモンを振り絞るとき
波が浜辺に砕け散るとき
白く数式のように艶めかしい蛇がそこにいる事を
蛇はただ私に透明なイメージを残して消え失せてし
　まいます
するとどうでしょう
私の脳は紅水晶の輝きを持ってしまうのです
この妄想はなかなか消えません
恐らくあらゆる無機物に感官が鋭敏になってしまっ
　たのでしょう
銀は現世を奪おうと必死です
赤瑪瑙は悲しみ過ぎて涙さえ出ません
ラピスラズリは幼いころ失った青空を取り戻そうと
　企んでいるのです
蛇をこんな私を笑っているのでしょうか
教えてください
私たちはなぜ言葉と言う宝石を砕いてしか
絵具を作れないのかを

星と水の出会う場所

予言者

そこのお前

水を恐怖しろ
お前は空が怖いんじゃない
なにもかも、そう、お前のなにもかもを脅かす
この河こそが怖いのだ

やさしくお前の頬を撫でつつ
高ぶる気持ちのほめきをあやし
ああ、それはすごく心地よいのだろうな

だが
ソレはお前の王国を侵略する
限りない愛情を持ってお前を包む
安寧の日々を、ぬくもりを、熱情を、何もかも
ソレは冷たいくちづけをもって奪うのだ

旅人

貴方様は存じ上げないようだ

水は貴方のなかにある

この河は渇きに喘いでいる
どんなに美しくきらめきをたたえていようと
水はヒトを恋してやまない

ヒトのもつ魂を、愚かさを、彼女は求めているのです
そしてまた
わたくしもカグツチの血飛沫であるのです
わたくしの燃えるような孤独も、水霊の孤独を愛し
　ている

予言者
星が水を恋うだと？
水が星をたぶらかしたか！
忌わしいことだ……

旅人
水底の歌が女であるのであれば
わたくしは男になりましょう
ワタツミが男であるのならば
女であればよいのです
星はこの河の上流にある湖
その湖の半島で水と出会うでしょう
貴方様はただその様に拍手を送り
懐の銀貨を投げ入れてくれさえすればいいのです

予言者
お前は涙に殺されるだろうよ

紙飛行機

五月の風に心を砕け
風はやってきた
引き算がまだできない少年のあくびを持ってきた
この気持ちのいい酔いを青空に投げだそう
思いは真っ白な紙飛行機になって飛んでいく
空気を切り、雲を通り抜け、お日さまの匂いを集め
　ながら
どこまでもまっすぐに飛んでいく
光の中で磨かれて
やがて何よりも透明になっていく
悲しみも、憎しみも、喜びも、優しさもない
それは死だ
あまりにも美しすぎる死だ

そして魂はエーテルとなって永劫に輝く
寂しさだけが存在する永劫の時の中
私の夢は青いビー玉と共に静かにまどろんでいる

開襟シャツと青年

ふと昔の隣人に会いたくて
廃線となった線路の上を歩いた
雑草のしげるそこは
瓶ビールとスイカを持って歩くには
似合いすぎていた
空を見上げれば
大きな入道雲があって
これはますます絵のようだと思えた
湿った空気の林
川面を蹴って飛び立つ水鳥
セミの鳴き声
歩きながら
トマトときゅうりを小川で冷やして食べたいと感じた

しばらく歩くと
目の前で開襟シャツの青年が両手を広げながら空を
　仰いでいた
なにをしているのか尋ねると
彼は
青空に身投げを
と呟いて
すっと目を閉じた

［雑草に隠れてしまった廃線の上を歩いていると］

雑草に隠れてしまった廃線の上を歩いていると
一人の青年に出会った
彼は両手を広げ、目をつぶっていた
なにをしているのかと尋ねると
「青空に身を投げているんです」とだけ答えてくれた
シャツの襟元からのぞく彼の皮膚には汗がうっすら
　と滲んでいて
彼は太陽を抱いているのだとわかった
蟬の声がやかましく響き
針葉樹林の影が少し濃さを増した時
風が青年と私を撫でてくれた

［藍銅鉱の時代は水の時代だった］

藍銅鉱の時代は水の時代だった
海の中にひれをもった人々が暮らしていた
人々の肌は黒く、肉体はしなやかであった
しかしその時代は潰えた
ひとりの男とその妹によって

人々はすべて藍銅鉱へと化し
その時代の全ては水の中へと置き去られた
妹は太陽に、兄は月へと変わった
わたしは語り部として、果てしない暗闇のなかで
この物語を知ったのだ

クーア（月）

クーア：暗闇のなか一斉に放たれる珊瑚の卵たち
それらはきらめきを知らぬまま
しずかに、しずかに、蠢く
孵ることのなかった一粒がついに腐れるとき
あの嫉妬深い乙女は
海蛇の腹みたいな笑みを浮かべてそこに
……

語り部：ある
そうだ、それはある
ただれた林檎の匂いがあたりにたちこめ
ふいに俺たちは気付くだろう
これは何かの終わりだと
終わりの味だ　なんとも形容しがたい味だ
夜に立ちこめる靄は甘く
早朝に立ち去る若者の旅立ちは辛く
打ちひしがれた夢は苦く……

クーア：ああ、妹よ
俺はお前に母というものを教えてやりたかった
アズライトの欠片に香る思いでを
真夜中にあたたかく流れる瞳の奥のやさしさを
しかしお前はとうとう知ることはなかった
お前は太母そのものになってしまった
どうして、このようなことに、なったのだ
……

語り部：豹の男！　哀しいお前は燦然と輝く黒曜石

だ！
お前が魔術師のもとへ向かわなければ、時代が潰える事もなかった
母を知らぬ妹のために
優しげな月光のために
お前は死人をゆりおこそうとしたのだ

クーア：ああ、ああ！　そうだ、そうだとも
気狂いの沙汰だ
よりにもよってあの黄金にすがろうなどと！
どうして嗚咽がこうも苦いのだ
おれの喉奥に腐魚のはらわたを誰が詰めた？

語り部：お前もまた、想われていたのだ
妹はお前に甘い乳をふくませたかったのだ
妹に母を与えようとして、その実、お前がまだ乳飲み子であったことを、ほら
ウーアは知っていたのだ

美しい愚か者　目の見えないうつぼよ
妹はお前にとって優しげだったろう？
それはお前が優しくあれと願ったからだ！

クーア：やめろ！

語り部：お前が願わなければ優しくある必要などなかった！

クーア：やめてくれ！

語り部：床に就く前に妹のまぶたにくちづけたろう？
目がさめれば髪をとかしてやったろう？
それはお前の寂しさによるものだ
お前の寂しさが彼女の群肝を内側から食い破った
喉奥のその苦味はウーアの、愛しい愛しい

臓物によるものではないか？

クーア：俺はあの日、寝床をぬけだして魔術師の元
へ向かってしまった
まっくらな海の中　月明かりだけが不思議
と道を照らした
破滅へと泳ぐ俺に誰が気付いただろう？
どうしてか誰も気付いちゃくれなかった
月光で体が透明になってしまっていたのだ
ろうか　はっ！　もはや呪いだ
さながら幽霊だ　いやすでに俺は死んでい
たのかもしれぬ　死人に幸運は不要だから
な

語り部：大工の息子は、自慢のヒレをはばたかせ魔
術師の元へいったのだね？

クーア：そうだ　果たしてそこに奴はいた
奴の目は緑色で、青潮のように濁って、い
やあの眸は濁ってなどいなかった
唐突に奴は言ったのだ　願うか、と

語り部：そう　それは契約だ　宝石を砕く事を生業
とした道化との

さようならの代わりに

ぼくはかつて風の中に立っていただろうか
ほつれた髪とひまわり
やけっぱちな音楽と錆びてしまった琺瑯《ほうろう》の看板
（ぼくは送電塔のように生きたかった）
緑が濃い夏の坂道に
ぼくは果たして立っていたのだろうか
坂道を登り切れば大きな赤い鳥居がある

（だけど空は）
ふりかえれば眼前に横たわる川と
（あまりにも遠すぎた）
まだ未熟で、垂れることのない青稲ばかり
川べりにはぼくよりも背の高いカヤがたくさん生え
ていて
そして唐突に
（なにもかにもが）
すぎさってしまう

小夜啼き鳥の歌

われわれのぶどう畑にも
ついに静けさが訪れた

聞いてごらん
小夜啼き鳥の声を

あれは
君がつれない子だったときの歌だ

いたずら小僧だったわたしは
潅木林に横たわる枯れ葉を毎日踏みにいった

月がさびしさで凍てついても
指がアカ切れで傷んでも、傷んでも……

その理由を君にはついに話さなかったな

われわれのぶどう畑にも
ついに永遠の日が訪れた

見てごらん
夜露にうるむばらを

あれは
わたしが君に触れていられた時間だ

水霊のようだった君は
艶めくターコイズを二つもっていた

風がその藍を深く燃やした

終わりが足音を忍ばせすり寄って来ても、来ても
……
その苦しみをわたしはついに知ることがなかったな

ライ麦が青くなびく季節は二度と来ない
来てたまるものか

わたしの過去は君だけのものだ
君だけの、ものだ

藍は故郷の土がずっと抱いている
わたしのかき消された泣き声も、風も、春も
産土にうもれて癒されていく

ぼくらが純粋だった頃

冬枯れを溶かす淋しみに
夕暮れは山珊瑚

憧れを溶かす味噌汁に
雨の日は自分がかわいい

馬であり、蛇であるべき衝動に
泥のYシャツはみじめだ

ドラえもんなき絶望に
ただ犀の角のように歩め

ホタルブクロの薬莢に

Kiss of death は笑わない
優しい夜に
肥大化していくアタシタチ
抜け殻の早朝に
ボクは全てを捨てていく
明日はジャノメエリカをむしりにいく
くたばっちまおうよ

嘘つき

コメント：「仏の御石の鉢」「蓬莱の玉の枝」「火鼠の裘」「龍の首の珠」「燕の子安貝」全部見つけてやりたい、そんな時代が僕にもあったような気もします。

暗礁

霧の中にたちかえる藍色の布きれ
その衣が絡むうすあおい鱗に
落葉も暗く湿る

家を出た娘が帰らない

蠟燭の火がガラス窓のむこうに消える
長い沈黙のあと
終わりだけがだらだらと続く

蒸留酒も潮騒にかげり生臭くある
このふくよかな黒い夜

裏庭に積んだ薪をしけらせたのはアンナ
もしやお前ではなかったか

島の先の切り立った崖から飛び降りた
お前の生が祝福されたものであったなら
霧につまどうこともなかったろうに

隠者の名前

草の影
何枚も折り重なって、
影が腐れていくにおい
それをぼくは夏と名付けた

夏は光などではない
ぼくたちの願いなど
影に
ぬれてしまう

ベニアオイの蕾には
くちびる、という名をつけた
それは
たおれる女という意味で
水におちた光は
眼差しの内部から
彼女を焼死させた

風の中にも光はあって
あまりにも眩しい味がする
ぼくは舌が焼けただれるのを恐れ
風よけの林を歩く

雨脚

かずさの奥、あのとおくの山に
ささげ色の驟雨があります

あれは私を忘れるためにあるのです

雨は降ります
田畑にも、捨て猫の上にも、踏切の上にも
みんな私を忘れていくのです
それが六月というものです

あした
あったかいささげいろが

アジサイにふれたら
私をそっとぬぎすてましょう
さなぎは驟雨に溶けるでしょう
私だったものはどこへいくのか
さなぎには知る由もありません
知るすべは
　ないのです

アジサイの日たにしの夢のガス灯にうっすら灯る私
の睫毛

卯月

もしお前が4月に自転車をこいだなら
感じたはずだ
首すじをやわらかく絞める風

並木道で
ダンスしながら眠る
木賊色《とくさいろ》の生きすだま

老女の吹く青いビードロのような
きれいな痛みを

もしお前が公園のさくらを見上げたなら

観たはずだ
サッカーボールを転がす母親と
それを蹴飛ばす男の子を

観たはずだ
ねばつくように呼吸をしながら
自分を見つめる花を

　　　　　　　　　　　　　自分を

さくらの香りがかすかにただよう
（なあ、この公園で女子高生がレイプされたんだって）
青いビードロの痛み
（おれ次の日に泥まみれになってた
　ルーズソックスをここで見たんだよ）

たらの芽の苦み、菜の花の苦み、ホタルイカの苦み、
（ここって夜になると暗いからこえーよな）

ヤバイね
（だよな。ヤベーよ）

　もしお前が春を語るならば
　　かろやかな苦みを
　　知らなければならない

花は携帯のカメラで撮った

今日はサヨリのすしを食べたい
　　　　　　　　　　（何もかもきえてなくなれ）

水路から湧きたつ風を抱くさくら淋しみは降る酒神
の上にも　（半島）

塩の柱と蛇

川べりは満ちていた
石橋の下でおっかなびっくり青空を見る

空に両手を広げた僕は
（かげり）
この世を青いバケツだと思った

かぎろいは
いつまでもいつまでも焼きつくのだった
欅の影にひそむ女たちは
菫の花を踏みしめた

腐葉土の吐く息は

ああ、あの影の
ため息に違いない
いますぐ空から雨はふれ

こがね虫の触角に
忘れられた蝶の羽粉に
または
寄りかかる、影もなくある諸人に
やさしく　くるしく　ふりそそげ

あなたはずっと影だった
鱗にはさんだガラス質の
　（つまびらかに魅せろ　舌先を）
水のなかに絡まり続ける僕たちの
（まよわず空に影がふれ）
（きれいにあの子は気がふれて）

さらさらと
光りかがやく鴉の羽の
とおくへ帰る

黄泉比良坂《よもつひらさか》

（地上に出るまで決して振り向いてはなりません。
いまのわたしを貴方に見せたくはないのです。
　　　あっ……
桃の香り……。ねえ、貴方はわたしをいまでも
……）

忘れてしまったろうか
初めてマッチを擦ったあの日、ぼくたちは
ひそかに唇に紅をさした
その紅は目に見えない
でも、たしかにあの焔は紅だった

（どこまでも赤い、赤い）

あれから、
朱色の鳥居を幾重にもくぐった
ひとつくぐるたびに
あたりはどんどん暗くなる

（ねえ、
　　甘酒には生姜をひとつまみいれておいて……）

春の稲妻のように銀色だった、
そんな魂魄《こんぱく》はもう持てない

ぼくらは苦みを知った
拍子木の音が聞こえる
（火の用心、火の用心、火の用心……）
トイレの水に血を垂らすように
マッチを擦る

苦みがあたりに満ちていく

ストーブの上のやかんの蒸気
干からびた蜜柑の皮
（こたつの下の縄張り争い）

そんなものさえいまはもう、苦い

（狐の面をした誰かが
　一枚の紅葉を畳の上に置いていく）

きみは明日も淡い紅をさす
　（マッチから滴る苦い血液）

夏には桃が実る、あの甘くけだるい純粋が
（冬のままで、）

白い実から立ち上る甘酸っぱい香り
（冬のままでいて）

マッチはどこだ

夏が、くる

オフィーリア、準備は済んだ？　メイベリンのマス
カラはダマになりやすいけど　（平島）

帰郷

かつて星が鉱石であり
夢が瞼を
やわらかく食んでいた頃

汗ばむうなじをつつきながら
春は
鷹のように歌っていたのだ

静けさの中に
薄紅のためいきが、ひとつ、ひとつ零れていき
内側からせぐりあがる暴力にふるえながら
吉野は微熱を発した

だがしかし
そのまぐわいの最中、
笑うのだ、青鼠色の男が

びろうどの髪をなびかせ
風が吹きぬける

朝焼けは
まとわりつく怖気を殺せ

夜露を凍らせ、惣気を冷たく焼き切れ

この貪婪な口唇を
青く、高く、白く、清く、
天へ返せ、と

水を見に行く

きゅうに

この世でいちばん寂しくなったら
水を見に行く

どうしたことか
自分がどこにいるかわからなくなる
そんな時
水を見に行く

花が空に
まぶしいくらいに両手を広げ
ぼくを強烈にいやしくみせても

水を見に行く

そうだ、だから

君が
ひとりになりたくないとき
水を見に行け

泣きたくなって
なにもかも破りたくなったら
水を見に行け

ぼくがどこにもいなくなっても
水を見に行け

空は

雲は
時は
人は

水を見に行け

君をつつむ
アケビの実が
サンザシの枝が
チェシャ猫の笑みが
水が
やさしい水が

怖い水がさびしい水が

いつかぼくは
きみと一緒に
水を見に行け
ふるえる、その幼さを
えくぼと八重歯とビールと休日を
いつかそのとき
捨てに行こう

冬の南画

一月の街をフィルムに

そういって
彼女は冬枯れを軟禁した
モクレンの芽がむしられるように
女の唇が押し付けられた

（たとへば、春の経歴《きょうりゃく》は……）

新そばを求めて小学校を通り過ぎる
学級放送でショパンの夜想曲が流れていたが
どうにも溜めが長くてくどかった

小走りでアスファルトを蹴ると
ささやくように哲学が訪れる
どこかでしょうが紅茶の香りが明滅する

（なずなはこべらほとけのざ……）

アモールを乾かすな

（春にあらざれども……）

やめろ

（いはゆる春の経歴なるがゆゑに……）

季節は俺には関係のないものなのだ
俺を滅ぼせ

（経歴今春の時に成道せり）

（コオロギの鳴くゆえに我あり）
（ならば永劫は？）
一枚のもりそばが宝石のように輝いておる
（ならば永劫は？）
黙れ
（ならば永劫は？）

露と落ち

あれからまだ俺は
浅瀬にいる
水の表面に見とれながら
まだ
まるくなったガラス片を
あきんどよろしく転がしている
瞼の上で、へその上で、肩の上で
言ってしまえば俺は
怖いのだ不可能を可能にするのが
左腕をいからせて冷たい水をこじあけるのが

やつは魚を手紙だと言ったが
俺が握りつぶせば肉にもどる
ぐずぐずになった断片から
にがいにがい胆汁が落日のようににじみだす

夢のまた夢俺は
銀色の二次方程式を持っていた
あざみいろの磁石も持っていた

だが水は肉は俺たちを忘れてくれない

エタノールを駒に変え、チェスを打て
お前らのクイーンは
いきを吹きかければ
たちまち青く燃え上がる算段さ
そいつを俺は
俺は

俺は持っていた持っていたのだ

問いかけ

わたしは二月の霧の中へ去りたい
とあなたは言った
ぼくにとって
願いとよぶには淋しすぎる問いかけだった
川べりにかかる橋に
そいつはぼうっと
甘くかかった

（見て、）

（タチツボスミレ、）

黒装束に身を固め
ぼくたちは参列した
水辺に
真っ暗な夜の霧、
踏みしめる腐葉土、ため息の風景に
（くるしく）
むつびあう
あなたはそっと歩をとめて
あなたの影をさしだした

なぜだ

ぼくたちみたいな藍色が
硬貨となって放られる

（わたしは向こうの
霧へとかえる）

川よ　ぼくだけが賽を投げよう
お前はあまりにもあんまりな問いかけだ

幕間の寸劇

二十二世紀のトバルカイン

Out, out, brief candle!
Life's but a walking shadow, a poor player,
That struts and frets his hour upon the stage,
And then is heard no more.
（消えろ、消えろ、粗末な蠟燭よ！
　人生は歩きまわる影絵。哀れな役者だ。
自分の出番をどんなに華やかに悩ましく務めても、
　幕が下りればありふれたくだらん話に堕ちてしま
　　うのだ）

俺も感じる、末世の邪宗、セフィロトに纏わる秘術、
冥王星の序曲を、ふざけた異星人類を
雷管石が融解され、愚者は可能性と引き換えに命を
　なげうつ
盲目の林檎が赤みを帯びて、老人が舌を嚙み切る
　時、言葉はもはや意味を持たない
世界は驚きに満ち、俺はうめく
「神よ、私は地上に残ります」
しかし一切は意味を持たない
この一切は比喩ですらない
腐敗する火喰い鳥の卵、生ぬるい鉄錆びに指を切ら
　れる少年
嚙みちぎれ貴様は貴様の肋骨を、残されたリリスの
　残り香を求め
ついに可能性はゼロを超え虚数へと浸透する
火は孤独を歌う
濡れるように艶めく孤独が暖炉の中で凍えている
唾棄しはぎしり破壊しろ、大熊座のアギトを、シリ
　ウスのうてなを
死者の雑言と断じろ、俺の言葉は円環をついに脱する
俺は槍を持つ、ダダの、ロンギヌス

（短歌）
「去りゆく一切は比喩にすぎない」と言うな願うな
憶するな俺

Make with "break beats sandwich" composed by 189BPM
(http://www.muzie.ne.jp/artist/a017697)

花のきもち（死ねよナリヒラ野郎）

（いまの私の眸は冷めた月光……。
あなたを永遠に見つめ続けてあげる。
夜の闇にまぎれて私はあなたを引きずり込むでしょうね。
弄ばれた私は水に映る鬼火とともに、あなたを水底に引きずり込む）
コロコロコロ……

かえるがないています
あたしの思い出は
とおくにかすんでいきます
コロコロ………
ふかく、くらく
ふかく、くらく
めのまえをはうゾウリムシも
サクラの葉ずれのおとも
ましろいへびの
どくとともに
みんな、みんな、こおりつけ
コロコロ……
あしたには
深池のミズチが
とおく、たかくなくでしょう
あたしの紫をたべて
とびのようになくといい

かたを寄せて
「きみが好きだよ」
ってのは嘘。
はいはいあたしも
だまされました　（短歌）

Make with "thema B" composed by FOXOF
(http://lyrics.minna-no.jp/lyrics/view/62106)

（楽曲提供）
189BPM ／仕事でレコーディングオペレーターをしつつ合間を見て自宅と職場を往復し作曲。現在は全て自宅で作曲〜完パケ・ミックスダウンをしております。
http://www.muzie.ne.jp/artist/a017697/
Youtube:http://www.youtube.com/user/189BPM
ブログ　http://ameblo.jp/xtakasukex/
FOXOF ／作詞作曲突貫工事屋のオンリーミュージックマン
http://foxof.sitemix.jp/blog/

和音

机の上に音叉がある
ギターのために買ったものだ
ぼくはこいつを齧りながら弦を巻いたり、緩めたり
調律する

その日
月はまっしろにひかっていた
君はジャスミンのお茶を飲みながら
歯で音叉を齧るぼくをみて
なにしてんの？って笑った
（そうか……）
瞬間としてぼくは理解した

君を、微笑みを、かぎりなく澄んだ音を
そのことを悟られたくない気持ちを
なんの響きももっていないぼく自身を……

微笑は反響していった
まっしろな月に
まっくらな夜の町に
ジャスミンの湯気がたちのぼるカップに
ぼくらの思い出に、昔に、これからに

嘘つきなぼくは
君への言葉を言いかけて、つぐんだ
月はすこしへこんでいて
満月ではなかった

きりり、きり　弦をしぼった
アコースティックギターは手あかでくもってた

なんか弾いてよ　っていわれて
つまらなそうにぼくはCを弾いた
君はやっぱり
つまらなそうにお茶を飲んだ

満月なんて来なければいい
十五夜なんか来るな

（ねえ……）

和音は響け、これからも、ずっと

V 将棋のない世界

死者への七つの語らい

ゆびを噛む真夜中ぼくは
（お風呂場で死んだ女の）
声を聞いてる
（声は聞こえる？）
（心臓はくずれるガラス、眼球は月に膿んでく姫林
檎の実）
血と骨は
（知ってる癖に）
わからない
（腹を裂かれた赤犬の声）
（人形のなくしてしまった歌声と）
（ハッカ油とかした霧吹きの水）
オレンジは
（海にしずめて）
地下室の鍵は
（ごめんね、もういかなくちゃ）

教えてよ
教えてよ
ねえ

水面のような爪を見ていた

最近読んだ小説に
艶書というタイトルのものがある
そこに出てくる女は
入院している夫にむけて
白百合や、撫子の花を盛花にして持っていく
ひとつひとつ
青山墓所で集めた花を

ひとつひとつ

きっと

いとおしむように憎しみを研いで

ひとつひとつ

ひとつひとつ

目を閉じれば

真っ白でほっそりとした手につままれた

花　花

たいせつにたいせつに

ひとつ　ひとつ

ひき肉のカレー

まんまるいニンニクと生姜を刻む
炒める時になるべく香りが出るように刻む

太ったカボチャと人参を刻む
甘味がコクと奥行きをだすように
ちいさく細かく刻む

たまねぎは皮をむき
油でいためた際に透き通るよう
しっかりと刻む

椎茸を刻む
ほのかな旨味をたすように

柔らかくストンストンと刻む
ひき肉には塩とコショウとナツメッグ

フライパンには油をひいて
炒め、煮て、ひき肉のカレーを作る

ひと缶くわえたホールトマトの酸味
コクをくわえるウスターソース

夕暮れはひとり
かなしい我が家の味だ

わたしかたたよう　そ　うよたたかしたわ

「私が漂う。そうよ。ただ、火事だわ」

手帳を閉じた彼女は不意に呟いた

終電の社内には僕たち以外だれもいなくて
夜を泳ぐクジラのようだと思った

「ねえ」

「ガソリンの匂い、覚えてる?」

溺れていく意識のなかで

「ねえってば」

クジラは泳ぐ
永久に出られない水の底にいるみたいに

「ねえ」

8月に書かれなくなった手帳

「きいてる?」

溺れる

「あなたが殺したくせに」

糸魚川

翡翠のなかから音楽が聞こえると
おじちゃんはいった

どうしようもなく、くるしくて
口のなかがはしから酸っぱくなってしまう
そんな音楽

おじちゃんが岸壁から消えたあと

少年はそのことについて
いったい何者の手が
そんなにも寂しい音楽をつくりあげたのかを考えた

考えに考えて

ついに少年を終えたその秋
おびただしい数の蛍烏賊が打ち寄せられた砂浜にい
て

彼はみずからのうちから
こぼれおちてしまった数多くのひかりに気がついた

知っていたのだ

あかるいひかり

薄翅硝子のひかりのなかを
落葉松の
みどりに生れて透き通る

きみは楽譜の海だった

歯と歯のくらいすきまより
セルリアンのさびしさ零れ
（海はGlassの底まであふれ）
ひかりに言葉はとまどい走る

君は楽譜の海だった

クルスは娘にひかりを重ね
（空ヒシヒシと剝がれおち）

水にしぼったレモンのように
ひかりは海へひた走る

アスピリンの錠剤

カッターシャツの搔き消えた朝

ひかりのすべて

調査官は丸の内の空を見上げた
どうすればより純粋なエーテルを採取できるのか
それは翅の生えた少女の手紙よりかるく
ソプラノのかすれた歌声のよりも
透明でいなければならなかった
エーテル
それはなによりも
うつくしい光の物質
遠くへいきたいと願った彼の妻は
いつしか彼を見捨てて
光の物質になってしまった
丸の内の空に彼女の残骸を感じる術もなく
調査官は視線を地面に落とした

うなぎはどこへいった

泣いたって
きみもやがては
ことばになるんだ

みずうみの底で静かに
石英のつぶつぶひかり
(かなしみはまた青くみがかれ)
うなぎは眠り男はたおれ

気のふれた画家の黒目に
寄生する虫の蠢き
(夕暮れの浜名湖にいて)
(きみはわたしを指でなぞって)

泣くなよ
すべてを水に
沈めたからって

ういろうのなかの空

ぼくは結局
空をとべない

ういろうの中の空がみたい

ぺたぺたした食感の

あまいぺたぺたの空を
紙ひこうきがながれてく

ういろうの中の空は
ういろう色に濁ってて

風邪

冬の日の曇り空から
落ちてくる光のつぶに

熱にうかされた少年は
すいこまれていく心地がした

かなしみが
とうとうと水になって湧きだす場所で
ひとひら、ひとひら
額をぬらすちいさな氷のかけらに

少年の体はかるくなって
ポーン

鉄琴の音が聞こえ
まっしろな鳥たちが堕ちて眠る水底のゆめに
彼もまたおちていった

真夜中のトムソーヤ

真夜中の池袋に投げ出された
不思議な興奮と熱に浮かされながら
気分はまるでトムソーヤ
路上ライブは原住民の儀式
見上げるネオンは北斗七星
無人島駅を彷徨う
私を知る人は誰もいない
カラオケボックスのハンモックに
寝そべって友に手紙を書いた

＊（編註）「東京メトロの季節風　文学館」掲出作品

夢の消し炭

電車の中で
過ぎ去る街の灯をみつめていた
窓ガラス
夜露に映るそれはどこまでもまばゆくて
もはや夢の消し炭しか持たない私に
静かに熱く語りだした

＊（編註）「東京メトロの季節風　文学館」掲出作品

チーズ

裂かれてくチーズでさえも胃で会える
一度別れて美味しくなろう

彼はそう言って笑った
真冬の夜の空気は澄んでいて
灯りを消した病室の窓から星がよく見えた

流星が見えない夜は流星を
迎えるための夜と信じろ

だから彼が白い骨になって
あの星のひとつになってこぼれても
ぼくは泣いてはいけない
天空は浅い水面に揺れている
牛車が運ぶ魂の箱
＊（編註）清水らくはとの共作（短歌部分が清水らくは作）

異端の貌

依田仁美氏著作『悪戯翼』に寄せて

淋しみを訪ね歩くために
切り傷の痛みをいじくりながら
俺は萱田の川ぞいを自転車で走っていた
夢はどこにあるのか
お前の見る、クチナシの色をした夢はどこにいった、と
青年神父が稲刈りをしながら呟いていた
（なあ、ユーノは君を深く愛しているぞ）
何段も続く石段を登ると一本の古く大きな松が見えた
松は傾きながら、うそぶきながら、くねり、くねって、
傷ついていた　風の年輪を持っていた
ふと背後を振り向くと青空のなかに消え入りそうな細月があった　あれは誰の夢なのだったのだろうか

ああ仲秋媚びない拗ねない曲がらない細青月のあだ涙かな

夢の中の俺が呟く
「松よ、刀剣はあくまでも武器なのだ
人殺しの道具なのだ　その反りこそが矜持なのだ」

深紅の秋草の花騙るらくころびしものは美しき哉

「傾くものは転ぶしかないのか
それでも月は生を求めるのか
求めなければ生きられないのか

生きてはいけないのか」
遠くの川べりで真っ赤な秋桜が咲いているよう
　だった
それは「なにか」を全てを埋め尽くしていた
向こう岸が燃えているのだ、怒りに、そう思った
美しい怒り、それは美しい怒りだった　でも一
　体誰に？

偏屈の椿となりて転ぶかな《八重に咲く気は》さら
にないので

視線を松の方へ戻すと、椿の藪に女が立っていた
（これは燕がひるがえる春のことだ）
女は裁ち鋏で椿の首を次々と落としていった
「このほうが美しいでしょう」
白の侘助、黒椿、姫椿、赤西王母、の首が転がった
白黒薄紅赤赤赤赤赤
赤・赤・赤・赤

目にはover 山ほどの気障八月を待てず煌たる男雷だ
「まて　花は夏を夢見ないのか　散ってこそ花な
　のか
それは悲しみなのか
英雄への妬みではないのか」
首が落ちる
赤赤赤赤く夏がきて赤赤赤赤赤赤赤赤く夏が往
　く

皮膚の傷痛みのあとのなま乾きsun tan たりき既
往の盛夏

皮膚の上に激痛が走った　火傷だ　夏の痛みだった
天の川から痛みが降り注いできていたのだ
七夕《しちせき》のシグナス叫《おら》ぶその奥の銀漢まさに万斛の涙《るい》

赤い椿の川を白鳥が滑っていった
細月はまだ銀色だった
「松よお前はそれでも直線を曲げないのか」
歌は春に咲き、夏に散るようだった　この花は秋
も冬も見ないそして辺りはまた狂った春だ　い
つまでも　ずっとずっと春だ
「銀河も鋼も、俺には血と炎にしか見えない
だのに曲げないのか」

弓の月角を矯めれば歌は死ぬ春べすべに月は降るべし
歌にそれはどの価値があるのか　本当にあるのか
わたくしも《はばかりながら桜》ならば今こそ怒ら
めいざ修羅場いざ
お前は本当に修羅の気概をもっているのか

それはそらごと　ではないのか
――松に問いかけていると辺りにはいつのまにか
潮騒の音が響いていた
どこまでも青く冷たい海だ　どこまで　痛い海だ
悲しい海だ
冷たい　海だ

もともとはわれも海の子この夜は二種の波音それぞ
れに聞く

波は寄せて引くから波なのだ
プラスもマイナスもありはしないのだ
では　歌は　夢は　どこへいくのだ
ぼくらは雲から学ぶ　力の起こりと力の末路を
雲はどこへ落ちるのだ
雨が海にもどるまでどれほどの時間がかかるのだ

海洋を概念として持つ耳の奥処にしかと本日の潮音

瞬間として俺は気付いた
この歌はすべて波音であると
押せば引かざるを得ない悲しみであると
俺は材木座の海を見た
冬の落日だ　いつかみた淋しみだった
そろそろ酔いも覚めてきた
終わりが近い

　　　歩こうか

さあいくぜ五合呑んだるついでなら保有資産をコー
トにつつみ

＊（編註）短歌は依田仁美『悪戯翼』より

将棋のない世界

将棋のない世界にうまれてくればよかった

喫茶店の隅で僕はうめいた
ほんとうの将棋をみるためには
たくさんの王さまたちを殺さねばならない

鴉が曇り空をはしってく

将棋のない世界にうまれてくればよかった

喫茶店に立ちならぶ棺桶
真っ黒な旗が冬の空にたなびいて
口の中に駒を詰め込まれた男が首をつる

将棋のない世界にうまれてくればよかった

歩の行列が朝の線路に飛び降り続け

将棋のない世界にうまれてくればよかった

コーヒーの底にはりついた粘つく影が

将棋のない世界にうまれてくればよかった

もう僕を殺さないで

将棋のない世界にうまれてくればよかった

将棋のない世界にうまれてくればよかった

解説

呼吸する原生林あるいは二元構造の伽藍

依田仁美

二〇一七年四月二三日に安井高志が去って二年になる。三一歳の事故死という急逝であった。

詩稿を読んでいると気配がする。振り向くまでもなく高志の気配がする。「もうすこし、整理しておいた方がよかったたっすかねえ」。「これでいいよ」と言いながら『ガヴリエルの百合』を読み続けている。高志には、花を植え続ける旅行者の趣がある。彼は絶えず植え続けていた。同時に、常に移動していた。かつ彼は、人生が一筆書きであることも十分に認識していた。おりおりに遺した作品にはすべて、作られた順序があって、実人生ではそのように並んでいた。

詩集として編成が成った今、それは花園の景観を呈している。大らかな雑記帳と気むずかしいノートがホロニックに混交している。制作順から解放され、ある意思に従って編成された花々が残っている。が、分け入ってみると、当然のこととして類まれな豊穣な混沌があった。

この執筆にあたって、インポートした豊穣なカオスを、簡素なコスモスとしてエクスポートする任を感じている。それには作品のパフォーマンス（詩的表現の技術）以上に作品のクオリティ（詩的な持前）について述べるべきと考えている。

安井高志は良く読み、良く考え、良く書いた。まぎれもない事実だ。本集もまた、先だって上梓された歌集『サトゥルヌス菓子店』同様、多面的であるから解説に際してはいくつかの切り口が可能だが、彼の思考の跡をトレースすると二項並置すなわち二元論的発想が目に付く。そこを軸に浚ってゆきたい。

■哀訴と命令

「蜘蛛」と「ニュクスの伽藍」を見る。けだしこの両編が本集の白眉だからである。

蜘蛛

あなたの鋭い牙と毒で僕を溶かしてくださいノ僕とあなたの境がなくなるほどにノ接吻のように牙を突き立ててくださいノそしてノ射精するように毒を流し込んでくださいノまるで僕を犯すようにノ僕の心を満たすのはノ春のうららかな陽気でもノ雷尖る豪雨の中でもなくノあなたの中で眠ることなのですノ――略――ノ静かにノ残酷なくらいにノ痺れさせて下さいノノ（短歌）ノ魂は手枕に落ち消えていくだるさ寂しさこき混ぜながら

ニュクスの伽藍

暗闇よ全てを覆えノまだ眠らない椿が血を流すほどにノ月と心交わす者がいればノ聞けノいまは夜ノ

緊張と悲しみの狭間をたゆたう夕暮れは去り／我々は安息の泉へ足を踏み入れたのだ／あまねく詩が我らを包むだろう／あらゆる温もりが我らを慈しむだろう／星よ狂え／回転木馬に乗る日々を捨て／この地に集い花々を結実させろ／俺はこの喜びを叫ぼう／／卑しむな夜の愛撫を身に受けて月を射殺す俺の孤独を

前者では小動物に対して自虐的な哀訴を述べ、後者では事象に対して優越的に命令を下す、この表裏の乖離きわまりない両面はそのまま、高志自身の、詩的世界への志向性を明歴々に物語っている。「蜘蛛」では自身の詩的世界との関与を「自虐的哀訴」で表現し、自己破滅という「負の自己実現」をあざやかに形成している。「ニュクスの伽藍」では「孤独という至福」を獲得するために、重々しく時空に命じ、結果、果実をほぼ掌中に収めたかの気位を見せている。

本集には、末尾に短歌を据えた作品がいくつかある。万葉まで遡れば、長歌に反歌を付すことは屡々行われている。だが、方向は逆だが、根は、ここでの反歌は短歌制作者でもあった高志が、詩に飛び込んで行くときの、「幻尾」であろう。歌人が俳句をものするときに感じるという「残肢」と、同じような空腹感ないしは喪失感である。なお、両編についていえば、先行する本体部分の後で、その本体部分を補足総括する位置づけとなるという形式は、長歌のあとに据えられる反歌たる短歌のミッションに沿っている。しかしながら、この部分が、時に彼独自の展開を見せることになるという点については後述する。

■西洋由来と日本由来そして形而上事物と形而下事物

この二元的発想については、「ガヴリエルの百合」、「天尾羽張《あめのおはばり》」以下、枚挙にいとまなし。かつ「ニュクスの伽藍」はその融合表現といえる。これほどに際立たせて両傾向を並置するのは、思考過程にそういう志向が顕著にあるということを示すにほかならない。彼固有のマクロコスモスの捉え方として注目せねばならない。「古事記」由来の剣神・天尾羽張は、その母カグツチの死にその端を発しており、一方、ガヴリエルは聖母マリアへの受胎告知の使者であるから、ともども生死の、或いは異界との接点を象徴する存在である。ここで注目すべきは彼のマクロコスモスには、異界が重要な一部を占めているという点である。この意識は本集全編に瀰漫していて、扱われる素材への彩としてまたスパイスとして、屡々機能しているのは気づかねばならない特徴点である。

この事実から、彼が、詩の「自然発生的な誕生」を好まず「詩はあくまでも生産するもの」とする文化的意欲を強く意識していたことを指摘しておきたい。

天尾羽張《あめのおはばり》

母を殺したカグツチの首の血飛沫は／あまたの神を生みだした。／それは空の星となり／イザナギの剣、オハバリは／いまも天の川をせき止めている。／／「お客さん着きやしたぜ」／船頭の声に気が付いて、ひりひりと痛む目をこじ開ける。／八月の終わり、水晶林檎を摘むのにも飽きた俺は境界にいた。／――略――／「緑であれば歌は届くだろうか」／「さあね」／「星は水と出会えるのか」／「知らないよ」／銀色の鈴が鳴る。まがまがしく苦い音色だ。／泉はどこへもいかない。川がない。海へ行けない。／コウモリ座の流れ星は、いつ、この泉に堕ちることが出来るのだろうか。／「旦那」／／青いほおずき二つだけにぎりしめ水の孤児慰めにゆく（半島）

小説ではないし、詩でもない。幻想エッセイを書いてみたかった、と、彼は初出誌で自注している。しかし読めば自明で、高志が企てたのは、形而上物と形而下物の「出会い系サイト」だったのだ。「ネバーランド」でもない「ユートピア」でもない、神話の尾を引く奇妙な場での得体のしれぬ者どもの交流、この試みの中で彼が夢見たのは、幻想によって形而上・形而下事物の混交するさまを見てみたいという期待の実現だったのではないか。

■ミクロコスモスとマクロコスモス

本集全編の夥しい製品群は、設計、製造されていながら、当人による最後の仕上げ工程・検査工程を欠く。多くの詩集のリリースに先立って、作品傾向を意識的徹底的に統合・収斂させるという操作を欠いている。それゆえ逆に、設計製造過程での文化的意欲がなまなましく息づくという特質が顕著になった。だから、読み進むとしだいしだいに心がちかちかしてくる。閃光が途切れることがないので。

高志は甥のような存在だった。ひらたく言うとかわいかったのだ。月例歌会が果てて二次会になると彼は決まって寄ってきた。短歌でなく詩の創作ノートを持って。ノートが両人の間にあり、意見を求められた。短歌に軸足を移してはいたが、わたくしもまだ北園克衛という極光の下にいたのだ。この月一度の「詩の時空」は二年ほど続いた。しかしそこでは、ノートの作品についてはあまり語らず、清談にとどまった。なぜなら、詩稿を広げつつも、かれの脳内ではくるくると次作の核を求めて高速旋回が始まっているのを知っていたから。言い換えれば彼自身の自問自答的な思弁の時間でもあった。

高志とはこの後、メールの交信に移っていった。わたくしもやや仮装して「老松」のハンドルネームを使った。往来は濃密になった。しばしば尖った。高志は著しく「成長」したのである。となればしばしば閃光も。日本剣道形の打太刀・仕太刀のようでさえあった。その名残は、高志がわたくしの第三歌集『悪戯翼《わるさのつばさ》』を取り入れた「異端の貌」にとどめられている。


「異端の貌」――依田仁美氏著作『悪戯翼』に寄せて

――略――／何段も続く石段を登ると一本の古く大きな松が見えた／松は傾きながら、うそぶきながら、くねり、くねって、／傷ついていた　風の年輪を持っていた／ふと背後を振り向くと青空のなかに消え入りそうな細月があった　あれは誰の夢なのだったのだろうか／／**ああ仲秋媚びない拗ねない曲がらない細青月のあだ涙かな**／／夢の中の俺が呟く／「松よ、刀剣はあくまでも武器なのだ／人殺

しの道具なのだ　その反りこそが矜持なのだ」／／深紅の秋草の花驕るらくころびしものは美しき哉

／――略――

＊短歌は依田仁美『悪戯翼』より引用（但し、太字は筆者）

人生観を透かせる作品である。「俺は愛されていたのだな」とじわり感ずるとともに、彼の引く依田の歌には「幸福の箱に収まることをわざわざ避けている部分」すなわち、「敗亡志向」への共感のまなざしがあった。高志の早世に思いを及ばせるときに複雑な気分になる。

■毛羽立ちの美しさ

高志は、良く読むことをし、書くことをし、その両作業の中で良く考えることをした。実に奥深く考えた。その態様を聞いたことはないが、その方向は決して「整理整頓する方向」には向かわず、逆に「毛羽立てる」ことに向けられていた。じつに、その方向こそが彼の自身の美意識に寄せた創作活動の勝負どころであった。

わたくしはこの「毛羽立ち」を美しいと素直に思う。「毛羽立ち」こそが、彼が知的にたゆたう時間の中で詩的な「笏」を以て、明鏡止水の池に差し入れ、模擬的に実現した心理のさざなみなのであるから。「道化師の業」にそれは顕著だ。自らの行動をパースペクティブに見通して、そこには業《ごう》という烙印を施している。技法的にも、語列の流れからして、書き出し部の称揚から、一転して破壊に逆っている。

道化師の業

あなたほど完全な存在を私は知らない／あなたほど美しい存在を私は知らない／／水の中に沈んでいく宝石／宝石はなんの悲しみも妬みも抱かず硬質であり続ける／孤独を感じることすら許されない／／ゆえに愛する人よ／あなたを壊そう／嚙み砕き、二つに分け、一人で立てないほどに弱くしてしまおう／／これが罪だと言うのなら私を遠慮なく焼き尽くすがいい／一握の灰になったとしても私はあなたに捧げよう／――略――

あなたを破壊することが罪であり、その罪により自らが焼き尽くされることを「業《ごう》」だという。あなたをさいなむ罪に因ってあなたに焼き尽くされるのが「業」だという。この運命決定論的な物言いの中で「焼き尽くすがいい」という「支配的態度」は前節でふれた点ともちろん絡んでいる。

高志は詩集中に意識的に多くの短歌を詩の構成要素として鏤めている。詩と短歌という一見相容れがたい両分野を共存させるにはどこかに相応の工夫が要る。高志が詩という果実に当てた刃は、どうやら、マクロコスモス（時代や社会）とミクロコスモス（自己の内面）の継ぎ目であったようだ。その上で彼は反歌を使って、逆流的に、先行する狭義の詩部分に生命を吹き込もうとしたのである。高志には、内的世界に向かって一心に剣をふるった形跡がある。小稿も終盤に及んだので、その点をもう少しだけ述べてみたい。

偽りの悲しみ

冬の花々が沐浴をし／朝焼けの冷たさに火傷を負う／俺は独り動脈に冷たい針金を通し／血液を凍らせている／あらゆる事物を切り離し／自立を促す父、朝／ラ・フランスの香りが漂いだす／水滴のついたグラスの笑い／夜に濡れた翼はいま沈黙から解き放たれ／わずかに羽ばたき始める／受胎告知に訪れた天使の如く／その翼は清く、白い／しかし名も知らぬ風がその嘘を見抜く／真に透きとおっているのは肉を貪る蜻蛉の翅だ、と／／身を溶かす夜の甘さから逃げようと朝焼け色の白ワイン飲む

この作には、先に述べた「現代詩につけた反歌たる短歌のミッション」のヒントが顕著に見える。まず、マクロコスモスに十分に手を掛け、反歌に至って一転、ミクロコスモスへの遷移を決行している。すなわち、詩の部分は思い入れたっぷりではあるが一貫して描写である。家庭という社会の描写であり、父の社会観まで敏捷に取り込んでいる。一転、これに「対置」した短歌は先の雰囲気を受けながらも自己の胸中に絞り込んでいる。この反歌が、先の二例とは明らかに異なる意識で、「対置物の設定」を目的として、創作されていることに読者は気づかれるであろう。かつ、ここが、恐らくは高志の究極の狙いだったはずである。先に急逝ということによって「仕上げ工程・検査工程」を欠いたということを述べたが、全編の仕上げをするいとまがあったならば、このあたりをめぐって、それと知らせるような再配

備があったにちがいない。

冒頭に、インポートした豊穣なカオスから簡素なコスモスをエクスポートする、と述べたが、それは、この一点であると言い切ってもよい。この、詩と、反歌としての短歌の対置こそが、『ガヴリエルの百合』中の究極の二元論だったのである。

安井高志は、短い濃厚な詩的生涯の中で、花を植え続けていた。花とはいったものの、それらは大層大きく喬木に育っていった。中に踏み込めば、それは植林の産物とはいえないような原生林に育っていた。随意に植えられた植物は巨大化し魔風を得、原生林となっていたのである。「犬の時間《ドッグイヤー》」どころではない「神の時間《ゴッドイヤー》」が経過したものであろう。見渡せば、ここにあるのは原生林の鬱蒼美である。

ひょっとしたら常世なのだろうか。ここでは、豊穣なカオスを恣に見せつつ原生林そのものが息づいている。かなたには水霊《ウンディーネ》の影も見え隠れする。安井高志の詩の心・歌ごころは今なお深々と呼吸を繰り返している。

解説

内面の神話性と他者への親和性に満ちた詩篇

――安井高志詩集『ガヴリエルの百合』に寄せて

鈴木比佐雄

悲しむべき出来事だが私と安井高志氏とは、二〇一六年に開かれた「第三回日本短歌大会」の懇親会の酒席で話し合った一期一会の出会いになってしまった。その会に誘ってくれた原詩夏至氏と依田仁美氏の二人に紹介され、その際に二人で話すことが出来た。安井氏は私が詩と哲学にまたがる評論を書いてきたと伝えると、とても親しげに話し始めた。私は自分が例えば実存主義や現象学や存在論などの哲学をどのように現実的に生かしてきたかを話すと、安井氏もまた存在論や神話やユングなどの臨床心理学を学んできたと言い、自らの創作に生かそうとしていることを率直に伝えてくれた。私たちはきっと哲学や心理学を通して短詩系文学を多くの人びとの心に生かすことに関心があり、その可能性に共感し合ったのだった。短い時間だったが濃密な時間であり、私は今も安井氏の誠実さや繊細さを心に刻んで忘れることはない。息子のような三十代前半と聞いていたが、詩的精神が近く、なぜかもう一度会ってその時の続きを話したいと心密かに願っていた。きっとその日は遠からず来るとどこか楽観していたところが訃報を聞いてその日は訪れることがなくなり、なぜ連絡を取って会おうとしなかったかを悔やんでいた。しかし、その後に母上の安井佐代子氏から遺稿の短歌と詩の原稿を借りて拝読し、生きているうちは出来なかったが、作品を通して私は安井氏と再会し、出会ったように感じている。

安井氏の詩篇をまとめて拝読し、その感受性が宿る多くの作品に触れて、言い知れぬ感動を覚えた。安井高志という詩人は、自己の経験した自然や事物や他者存在などの魅力を豊かな神話的イメージに変換しうる、ある意味で天性の存在論的抒情詩人であったと感じた。『ガヴリエルの百合』に収録された二二五の詩篇は、どの詩もシャープな言葉で内面の奥深いところからあっさりと掬い上げられたように響きわたり、それらは魂の在りかとして五章に分類されている。

Ⅰ章「道化師の業」（六十四篇）、過去の光景が痛みと愉悦を伴って甦ってくる抒情性豊かな詩篇群だ。その中から詩「追憶」を引用する。

追憶

思い出はいつも銀貨みたいだ／青空に浮かぶ消え入りそうな三日月に照らされて／震えている／空にむかって指で弾けば／金属音が打ちかかる水に静かに薫る／そしてきらきらと嘘っぽく／声を立ててあわあわと笑いながら／あたしの手の中に落ちてくる／／＊／／神社の石畳に太陽の匂いが立ち込める頃は／千代田屋の山賊おむすびが塩辛くて仕方ない／この塩辛さは永遠を失った寂しさだ／永遠も嘘だった／嘘の果て、少女は虹のように消えた／雲のない真昼の空を見て／びしょびしょに濡れた日々を乾かす／濡らしては乾かし、濡らしては乾かしを繰り返し／それらは少しずつ漂白されていく／風が吹く／ひりひりとした痛みが／あたしの目の前に水銀みたいに横たわっている／／＊／／油絵のような夏／悲しみもいつかは／あの三日月の霞む青空へ帰っていく／鳥も、水も、星も帰っていく

／あたしの苦い心を通りぬけることを厭《いと》わないまま

冒頭の詩「追憶」では、「思い出はいつも銀貨みたいだ」と語る。「思い出」が「銀貨」に換算できる価値あるものだと発見している。安井氏にとって「思い出」は「銀貨」が一枚一枚増えていくような豊かになる蓄積だったのだろう。例えば「青空に浮かぶ消え入りそうな三日月」こそが、何にも代えがたい安井氏の「銀貨」であったのだろう。しかし握りしめた「銀貨」は「千代田屋の山賊おむすび」にすり替わっていて、しかも「塩辛くて仕方ない」のだ。そして「この塩辛さは永遠を失った寂しさだ」と現実の苦さによって「永遠」は目の前から失われていく。さらに「永遠も嘘だった／嘘の果て、少女は虹のように消えた」というように、「永遠」は「嘘」だったと失望し、「少女」の美しさも幻のように消えて「青空へ帰っていく」のだ。そのような「思い出」が価値ある「追憶」として胸の中に宿り、琴線となって甦ってくるのだろう。安井氏の詩には多くの少女や女性が出てくる抒情詩が数多くある。実際に失恋体験も抱えているが、多くは女性のしなやかな感受性と対話したり、女性の身体と自然界を重ねたり、神話の中の女神や精霊などに聖性を感じて、その霊感で詩が書かれたものも多い。その意味では「追憶」は、婚約を破棄した許嫁《いいなずけ》のことを想起し続けるキルケゴールの「反復」の精神性に似ている。過去ではあるが、未来へその「追想」を投げかけている。また、安井氏の「追想」は心に蓄えられた「銀貨」、「三日月」、「永遠」、「少女」などの言葉を想起し、神話を創作するイメージの広がりを抱え込んでいく。

Ⅱ章「ルサルカの水」（五十一篇）は、安井さんの独特な感受性を通して他者や生活感などの世界の広がりを認識する詩群だ。「触感」のような感受性で過酷な世界の中で自分と他者の「居場所」を問い続けていた。その誠実な世界との向き合い方は読者を感動させるだろう。

ルサルカの水

夜は響き渡る／それは濃く、濃く、濃くわたしを咎める／ネオンライトはタバコの灰をさらに焦がす／／なぜ歌声はやんでしまったのか／コウモリ、なぜあなたはそんなに寂しげなのか／／羽は、羽はそんなにも力強いのに／あなたはどうして、そんなにも苦しげなのか／／わたしもあなたとともに罰を受けよう／腐れろ、渋く煙たく苦く腐れろ、／わたしたちの憧れ／道路をいくトラックどものテールライト／／白い、　白すぎるのよ／わたしとあなたが願ってやまない月は／黄金などどこにも　なく、まして山吹色なんてわたしたちには似合わない／／引きずるわ／わたしはあなたの足をひき　ずる／もう二度と飛び立たなくて済むよう　に、もう二度と／苦しまないで済むように、好きよ、コウモリ　、あなたが

ルサルカは、スラヴ神話の水の女神や精霊であり、長い緑色の髪をした美しい娘でもあるが、地方によっては青白い顔をした醜い妖怪と言われている。若死にした花嫁や水難事故で亡くなった女性がルサルカになるらしい。また暑くなると水から上がり木の上に棲むとも言われる。安井氏の水の精霊ルサル

カは、そんなイメージの中から言えば、一見どこにもいないかのように思われる。強いて言うなら月夜の都会の道路に出現し、テールランプに引き寄せられるように近付き、自動車にはね飛ばされてしまうコウモリを見詰める「わたし」がルサルカなのかも知れない。哺乳類だが鳥と見なされ天鼠や蚊食い鳥とも蔑まれている寂しげなコウモリを、「好きよ」と呟きその「わたしもあなたとともに罰を受けよう」と願う「わたし」を、安井氏は現代のルサルカ的な精神とイメージしたのかも知れない。

Ⅲ章「詩人の旅」(五十九篇)、安井氏は放送大学の卒論にしたくらいに西脇順三郎の詩集「旅人かえらず」に影響を受けたが、自らの人生も旅ととらえて、詩的言語で旅を試みたのであり、その様々な試練や苦悩を赤裸々に語る実存的な視点の旅が、この章に収められている。ただ人間の有限の旅は最終的に彼岸へと旅立つのであり、そのことを暗示している死生観を暗示する詩も多くある。冒頭の「詩人の旅〜一枚の銀貨〜」(十二篇)から序詩的な五行とその後の「水死した少女を前に」を引用する。

詩人の旅〜一枚の銀貨〜

喉が渇き／詩人は泉の水を飲む／傍らに浮かぶ少女の死体／水は甘く／身体に沁み渡った

水死した少女を前に

安らかな死に顔には／涙の代わりにグラハムトーマスの花びらを／／白銀の髪を食む／ケルピー(水

魔）よ／／その青いたてがみを震わせて歌えよ／／少女のはらわたを嬲《なぶ》る前に／泉の水を血で清める前に／／詩を読むと少女は一枚の銀貨になった。／詩人は水に浸ったそれを握りしめ／その日のうちに山を下りた。／／錆びたバス停の看板を前に／詩人はため息をつく／街へでるべきか山に帰るべきか

安井氏の旅の中心テーマは、「水死した少女」というルサルカを探し求める旅なのだろう。そして「詩を読むと少女は一枚の銀貨になった。」とはそんな少女を巡る旅を記しながらその「思い出」でもまた「銀貨」になっていくのだ。「詩人は水に浸ったそれを握りしめ」ることによって、様々な迷いのただ中でも自らが詩人として生きる旅を続けることを自覚したのだろう。

Ⅳ章「ガヴリエルの百合」（三十六篇）は、青空に投身していって人びとと同じように、存在の危機を抱いて彼岸や永遠の世界に旅立つことを明示している生死を賭けた存在論的な詩群がまとめられている。冒頭の「ガヴリエルの百合」を引用したい。

ガヴリエルの百合
みぞれ雪が降った夜／私の名前は捨て去られ／街には羊水が満ち満ちて／黒く深く沈んだ／さわさわと傘を叩く雪の重みに／そっと目を閉じながら／ひと匙の夢さえも飲み下した時／どこかでサンタマリアと声がした／黒服の男たちが風のように棺を運び去り／肺の中にまで夜が侵入してきたのだった

／内面からも外面からも抱きしめられて／震える口の中に寂しさと優しさがいっぱい広がった／いよいよ私も差し出すのか、なにもかもを／思わず目を開けると／なぜだろう／そこにはラピスラズリを欲しがる在りし日の私がいた

ガヴリエルは、レオナルド・ダ・ヴィンチの「受胎告知」にも描かれた、聖母マリアにキリストの受胎のお告げをした神の言葉を伝える天使と言われている。マリアの純潔を示す白百合を携えている。安井氏にはルサルカと同様にこのガヴリエルの神話が内面に住み着いているかのように感じられてくる。その神話を生きようとするかのような深い信仰心や親和性が私には感じられる。「いよいよ私も差し出すのか、なにもかもを」という詩行を記す安井氏は、この世を離れて神の下に向かう高潔な宗教者の最期の言葉のように聞えてくる。三十歳を超えたばかりの若者がここまで到達したことは恐るべきことだと私は考えている。「ラピスラズリ」という瑠璃色を安井氏が魂の色と感じていたことも理解できる。またガヴリエルは死者を甦らすという役目もあり、安井氏は神の下で再び自分を含めた多くの人びとの再生を信じて、ガヴリエルに心寄せていたのかも知れない。

Ⅳ章の最後の方の詩篇になるにつれ、テーマが彼岸を見詰めることに向かっていくが、最後の詩である「和音」はⅠ章の抒情性を取り戻し、「和音は響け、これからも、ずっと」で終わっている。その意味で安井さんは最後まで精一杯生きようと願い、詩作だけでなく短歌も本格的に開始し、新しい表現の世界に向かったように想像された。

最後のV章「将棋のない世界」（十五篇）は、亡くなる前に詩人としての様々な実験的な詩篇が集められている。その中から詩「将棋のない世界」の冒頭の部分を引用する。

将棋のない世界
将棋のない世界にうまれてくればよかった／／喫茶店の隅で僕はうめいた／ほんとうの将棋をみるためには／たくさんの王さまたちを殺さねばならない／／鴉が曇り空をはしってく／／将棋のない世界にうまれてくればよかった／（略）

この「将棋のない世界にうまれてくればよかった」という痛恨の言葉は、安井氏の他者との争いを好まない心優しき美徳を現わしている。他者や生き物たちとの生存競争に組み込まれることを苦痛に感じてしまう感性は、宮沢賢治とも共通している。二十代から三十代初めまで多くの困難さを抱えながら詩作の旅を続けたのだろう。短い人生だったが、宮沢賢治のように濃密な人生を安井氏は過ごしたに違いない。このような根源的な問いを抱えて、芸術的な言葉の美を体現したことは、表現者として素晴らしい出来事だったと思われる。昨年刊行された『サトゥルヌス菓子店』の短歌と今回の『ガヴリエルの百合』に収録された詩篇は、大半が独自な発想で私たちの奥底に眠る神話性と他者への親和性に満ち、さらに実存的な苦悩を高貴な存在論に昇華させた高い芸術性や思想性がある。このような安井氏の豊かな言葉をこの詩集を通して多くの人びとに読んで欲しいと願っている。

謝辞

暗きより暗き道にぞ入りぬべきはるかに照らせ山の端の月　　和泉式部

和泉の歌を進むべき自分の道しるべと語っていた息子が旅立って、二年の月日がたつ。今どのあたりの道に魂が存在しているのか、知る事はできないが、息子の魂のけはいや、可愛がっていた猫の「めい」や「かりん」の魂のけはいを感じている。詩集のタイトル『ガヴリエルの百合』は息子に似合っているなと思う反面、彼はそこまで清くあったのだろうかとも思う。ヨーロッパの感覚、感性に影響をうけつつも、何故か仏教にも近いと感じる。

華厳宗の中興の祖、明恵上人のいちずな気性、性格の激しさ、あこがれの強さが彼にもあった。鳥獣戯画絵巻に流れる、そこはかとないおかしみもあった。座禅が好きだった彼は、「めい」や「かりん」と明恵上人のように、樹上座禅を今しているのだろうか。

この度、詩集『ガヴリエルの百合』の出版を、大変うれしく思っている。出版にむけて大きく御尽力くださった依田仁美氏はじめ、「現代短歌舟の会」の皆様、詩歌誌「無責任」編集長の清水らくは氏に感謝いたします。また協力してくれた娘の麻里子と夫の誠に、そしてなによりも二二〇篇を超える詩をのこしてくれた、息子の高志に感謝し、その情熱を誇りに思う。息子の詩精神が深まったのは、分析心理学に出会った事が大きい。息子にあたたかな御指導をしてくださった大場登教授に、解説を執筆してくださった依田仁美氏、コールサック社の鈴木比佐雄氏、校正・校閲をしてくださった座馬寛彦氏、装丁の奥川はるみ氏に感謝いたします。皆様の御尽力がなければ、出版はなかったと思います。最後になりましたが、出版にむけてかかわってくださったすべての方々に、息子とともに心より感謝申し上げます。

二〇一九年　七月

安井佐代子

〔編集付記〕

一、本書は短歌誌「舟」、詩歌誌「無責任」発表の作品、「東京メトロの季節風」掲出作品及び未発表の草稿を収録、編集しました。

二、原稿に見られる明らかな誤字・脱字を修正、難読と思われる漢字にルビを付しました。また、必要に応じて註を施しました。

三、詩の題名について、不明あるいは無題の場合、第一行を［　］で括ったものをもって題名の代用としました。また、題名が重複する場合、草稿の配列や制作日付を参考に、題名の後にそれぞれ番号（ローマ数字）を振りました。

安井高志（やすい　たかし）略歴

1985年千葉県生まれ。幼時より少年少女合唱団に入団。中学3年時、ハンガリーのコダーイ国際合唱コンクール金賞受賞、上野奏楽堂にて記念コンサートを開催、ハンガリーでボーイソプラノを失う。千葉日本大学第一高等学校卒業。日本大学薬学部入学。同大学を3年生で退学し、分析心理学を学ぶため放送大学に入学。卒業後、印刷会社に入社。詩「真夜中のトムソーヤ」「夢の消し炭」が「東京メトロの季節風文学館」の中吊りポスター掲出作品に選出。2016年、日本短歌大会・井辻朱美賞受賞。2017年4月23日、事故により他界する。
著書に、歌集『サトゥルヌス菓子店』（2018年）、詩集『ガヴリエルの百合』（2019年）（ともにコールサック社）。

石炭袋

詩集　ガヴリエルの百合

2019年8月8日初版発行
著　者　安井高志（著作権継承者　安井佐代子）
編　集　鈴木比佐雄、安井佐代子
発行者　鈴木比佐雄
発行所　株式会社 コールサック社
〒173-0004　東京都板橋区板橋2-63-4-209
電話 03-5944-3258　FAX 03-5944-3238
suzuki@coal-sack.com　http://www.coal-sack.com
郵便振替　00180-4-741802
印刷管理　（株）コールサック社　製作部

＊装幀　奥川はるみ

落丁本・乱丁本はお取り替えいたします。
ISBN978-4-86435-402-8　C1092　¥1500E